农事诗

张中海 著

作家出版社

图书在版编目（CIP）数据

农事诗 / 张中海著 . -- 北京：作家出版社，2025.
7. -- ISBN 978-7-5212-3533-3

Ⅰ. I227

中国国家版本馆 CIP 数据核字第 2025MK1593 号

农事诗

作　　者：张中海
责任编辑：朱莲莲
装帧设计：张子林
出版发行：作家出版社有限公司
社　　址：北京农展馆南里 10 号　　邮　　编：100125
电话传真：86-10-65067186（发行中心）
　　　　　86-10-65004079（总编室）
E-mail:zuojia @ zuojia.net.cn
http://www.zuojiachubanshe.com
印　　刷：河北尚唐印刷包装有限公司
成品尺寸：145×210
字　　数：169 千
印　　张：9.25
版　　次：2025 年 7 月第 1 版
印　　次：2025 年 7 月第 1 次印刷
ISBN 978-7-5212-3533-3
定　　价：48.00 元

此致——

　　我的启蒙老师、临朐县文化馆馆员　郝湘臻

目 录

第二辑　露水闪

第六辑　一颗苦瓜

老去诗篇浑漫与

——张中海《农事诗》序

吴思敬

"老去诗篇浑漫与"，出自杜甫《江上值水如海势聊短述》。诗中杜甫自述年轻时是"为人性僻耽佳句，语不惊人死不休"，而今则是"老去诗篇浑漫与，春来花鸟莫深愁"，既不再像年轻时那样刻意求工，面对花鸟也无需苦吟愁思，而是进入一种漫不经心、从容不迫的写作状态。我觉得，杜甫的这句诗似乎可以用来对张中海近年来《农事诗》写作中所显示的自由、自信、自如状态进行概括。

认识张中海还是在20世纪80年代初，他作为从那片刚苏醒的土地上冒出的诗作者，从刚露头的那一天开始，他的诗就以浓郁的泥土味、炊烟味、汗水味，从起于青蘋之末的农村新气象中的"鸡毛蒜皮"，如"瓜子皮""花生皮"，还有农妇梳妆镜前的"牙膏皮"（见《星星》1981年6月《农家情》）先声夺人。在刚刚摆脱"文革"、八股和概念化盛行的诗坛，吹进了一股来自田野的清新又粗犷的风。这是他在诗歌创作道路上迈出的第一步。

他迈出的第二步，应该以获1983年度《萌芽》奖的《泥土的诗》为代表，反映的是农村体制改变后，农民在吃饱喝足之余，对新生活又有新追求而产生的焦虑。他从《六月雨》中农民的百无聊赖写他们心理的句子："忙时也烦／闲时也烦／粗手大脚的庄稼人／啥时变得这么难缠！"这就使他的乡土书写，具有了一般乡土诗作者所不具备的一点，那就是"不只是走向生活，更是走向心灵"（评论家王彪语）、"不仅表现了个人情绪，更表现了一种时代的情绪"（评论家宋遂良语）。

第三步以先刊发在《绿风》，后编入诗刊《1989 年诗选》的《田园的忧郁》组诗为代表。反映的是 21 世纪中国城市化大潮到来之前，一代蹚浑水、追潮头的先行者（或许就是作者自我），既想逃离乡村投身现代生活，又难以摆脱"泥泞攫住脚跟"的矛盾心理。遗憾的是，这些不断否定自我、不断探索的努力和成果，当时虽然也得到了袁忠岳、张同吾、谢冕先生分别在《山东文艺通讯》《文艺报》《文学评论》上评论关注，但并没有得到诗界的格外注意与相应的评价。

所以，当我在 2016 年夏偶然看到重新恢复诗写的张中海的新作《混迹与自白》时就想，作为 20 世纪 80 年代的幸存者和 2010 年代的归来者，张中海本身既具有一定的典型性又具有普遍性，由我所在的首都师范大学中国诗歌研究中心给他组织一个研讨会，作为对野蛮生长的 80 年代的一种回顾、对新世纪诗歌的一种展望，那肯定是一件很有意思的事。

正是在筹备这一研讨会的过程中，我与张中海才有了深入的接触。我向来认为，诗歌研讨会的意义，在于提供一个集中的场合，营造一种活跃、民主的气氛，有好说好，有孬说孬，实事求是，畅所欲言，引导诗人对走过的路子予以反思，并为他探讨出一种自身潜力具备，但自身不一定能意识到的发展空间。张中海的见解与我一拍即合，他提出不能局限于说好话，要变研讨会为

"审稿会"。他说在全力写《黄河传》的同时，正在写着一本乡村记忆，等整理出来后就请专家学者给把把脉。2018 年春，张中海诗歌创作研讨会在首都师范大学中国诗歌研究中心如期举行，张中海拿出了乡村记忆打印稿《本乡本土》。与会的诗人和学者围绕张中海早期诗作及这本未定稿进行了热烈的研讨。又过去了五年，我拿到了张中海的这本《农事诗》，这本诗是他在几年前《本乡本土》的基础上重新写成的。

从 2016 年第一稿《乡村至上主义诗抄》，到 2018 年我们讨论的第二稿《本乡本土》，再到今天最后定稿的《农事诗》，张中海复归后的乡村记忆书写，已历经八年。这表明张中海创作态度的严肃、发表作品的审慎。显然，他并不急于显示自己"归来"的成果，不以创作丰富自娱，他更愿意沉潜在生活的深处，以发自心灵的歌与诗，为延续几千年至今却已面目全非的中国农耕生活存照。在张中海诗歌创作研讨会上，我作了题为《在逃离中坚守的地之子》的发言。试图从作者农田劳作、民办教师、新闻从业者、商人、复归写作几重身份的转换，解读张中海复归后创作之所以仍然保持 80 年代那样活力的根源所在。我认为，从表面上看，诗人从乡村逃离，与"地之子"对土地的坚守与热爱是矛盾的，但这个逃离，却是田园式小农经济向大规模市场经济转化过程中不可避免的，是社会现代化的应有之义。实际上也正是由于社会的进步才有可能出现这样的逃离。对于张中海这一代人而言，逃离不只是生活的逼迫，更是对精神自由的一种渴望与追求。美国诗人马尔科姆·考利在他的《流放者归来》一书中，曾描述过第一次世界大战后聚集在纽约格林威治村的作家、艺术家的共同想法，那就是"通过流放而获得拯救"。在他们看来，漂泊、流放的生涯与循规蹈矩生活的最大不同，就在于通过漂泊、流放可以获得一种精神的自由感，而这与诗人通过诗歌创作获得的自由感又恰恰是相通的。

也正是在与张中海近距离的接触中我才了解到，80年代初，张中海得风气之先的诗作，大都是写于农村还没有出现新变化之前的1978年前后。与其说他歌颂当时的农村怎样怎样，不如说他希望农村怎样怎样。这无疑触到了时代的心弦——安徽小岗村农民这样想，沂蒙山下一个农民这样想，全国十亿农民也都这么想，结果就汇成了一股上下同欲、地覆天翻的力量。这也从另一方面印证了诗所以为诗这一命题：伟大的诗篇总有一定的预言性，真正的诗人永远走在时代的前面，哪怕只有一步。

当然，这也就是张中海从80年代初写那些带有"宣传味"的诗而"走红"，影响了许多人一窝蜂地去写农村新变化，他却对农村责任制实现后呈现的新变化产生不满，后又千方百计逃离农村，最终却又返回——连续几大步嬗变的根本所在。在《没有月色的夜晚》《心事》等诗中，他写出了对农村、对田园既想逃离，却又恋恋不舍，最终还是要带着羞愧回归的原因：

> 当我老了的时候，我还要回来的
> 或者带着希望，或者带着失望
> 只是你千万莫再为我留门……
>
> 　　　　　　　　　　　　　（《心事》）

这是20世纪80年代后期张中海《田园的忧郁》中的句子，但已奠定了后来《农事诗》写作的基调。这已经不是纯粹的乡土诗了，也是他有异于同时代乡土诗作者的一个重要特征。了解了这些，你就知道为什么在 20 世纪他乡土诗最火的时候，他反对树"乡土诗"旗帜。他说："树乡土诗的旗帜实质上大多是画地为牢，排斥了诗中最根本的哲学意蕴和现代意识。""你走得越远，离你回归的家园也越近！"

还有对自己的期望、想象："当你遍体鳞伤、白发苍苍的时候，你沙哑的喉咙唱出的将是最地道的乡土恋歌，那时，你就不再是你，但你将是真正的你了！"（《乡土诗，请首先忘记你乡土本色的名字——1986 年湖北九宫山全国乡土诗会上的演讲》）

事实也正如此，"逃离得越远，回来得也越快"。只是，诗人已没有了年轻逃离时的意气风发，而有些犹疑了。2018 年 4 月 14 日晚上，张中海怯生生地给我打电话，商量能不能在第二天召开的"审稿会"上加"乡土"两字——从坚决反对树"乡土诗"旗帜，到把自己一辈子的诗写界定"乡土"，我理解诗人怯生生的原因是对这一片土地的敬畏——"我还能回得去吗？"

现在，当我一页一页读着这本《农事诗》的时候，我要明确地告诉他：诗人，你不是已经回来了么！你的身体虽然一度离开故乡，但你的内心始终没有离开故乡。这部《农事诗》就是你回归的明证，是你为家乡献上的一份厚礼，也意味着中国当代乡土诗写作达到的一个新高度。

里尔克说过："诗并非像人们认为的那样是感情，而是经验。"（《诗是经验》）《农事诗》就是一部张中海乡村经验之诗。中国古代田园诗大家首推陶渊明，如顾随所言，陶渊明的诗是从生活中磨砺、从平凡中感悟出来的，是"身经者"之诗。我认为，张中海的《农事诗》之所以成功，首先也正是由于他"身经者"的身份。一方面，他在家乡这片土地上摸爬滚打，生于斯，长于斯，对这片土地深爱以至切肤。另一方面，他逃离后的漂泊生涯，使他回望故乡时，又产生了一定的距离感和陌生感，能以宽阔的视野、比较的眼光，从一个新的高度审视故乡，从而使他对乡土的歌吟既入乎其内，又出乎其外；既是个人的，又是普遍的；既是传统的，又是现代的。

从符合了改革开放时代大气候的"走红"，到沉寂，到逃离，再到回归后寂寂无闻的诗写，经历了这样的一个大圈，张中海已步入了人生的老年。他虽说是"回归"了，但回归后发现田园已不是他曾熟悉的田园；他人虽然回来了，但已不再是当年的那个血气方刚、志比天高的小青年，而是一位阅尽沧桑、心态平和的老人了。

清代诗人张问陶《论诗十二绝句》中有这样的句子："名心退尽道心生，如梦如仙句偶成"，"想到空灵笔有神，每从游戏得天真"。似乎很贴近张中海这样一位曾在诗坛纵横驰骋多年，现已步入老年的诗人的创作心态。人到了晚年，淡化了名利之心，遇事不再强出头，常在慢节奏的生活中去体味人生的"道"，写起诗来，也不再听命什么，而是兴之所至，信马由缰，在游戏笔墨中获得一种心理的愉悦。

翻开《农事诗》，可以看出与诗人早期作品的明显不同。反映改革开放时期农村变化的早期作品，紧贴现实，强调的是"快"，突出的是"新"；而《农事诗》所表现的则是"忆"，突出的是"趣"。巴乌斯托夫斯基在《金蔷薇》一书中说过："对生活，对我们周围的一切的诗意的理解，是童年时代给我们的最伟大的馈赠。如果一个人在悠长而严肃的岁月中，没有失去这个馈赠，那他就是诗人或者作家。归根结底，他们之间的差别是细微的。"张中海便是葆有一颗童心的诗人，在《农事诗》的写作中，他调动了自己的童年记忆，紧扣儿童心理，童真、童趣尽显其间，像这首《麦草戒指》，说的是妹妹用又鲜又软的麦秸秆编了一枚戒指给了他，或许"人小鬼大"的他男女授受不亲的心理障碍，自己不戴，也"没转过身去先给妹妹戴上／一甩手，扔进背后的泉水"。

> 小伙伴哄笑不怀好意
> 妹妹听不见，权当什么也没有发生
> 回家后却一顿猛掐，求饶也不中
> 手背上的指甲痕，至今还留着
> 麦草的腥鲜

诗人从儿童视角出发，再现了一个有趣的戏剧性场面：道具是用麦秸秆编成的草戒指，冲突发生在一对小兄妹之间。结尾是意味深长的，诗中的小主人公如今已步入老年，却依然保持着那种喜悦与疼痛交织的鲜活记忆，令人怅然不已。此外，如《捉迷藏》写小主人公藏身在自家的柴火垛睡过去了，伙伴找不到，父母居然一夜都没发现；《余烬》写孩子们拣拾未燃尽的鞭炮，朝着花姑娘小媳妇的背后扔去，发出猛烈的爆响；《沙堡》写孩子们在河滩用细沙筑成沙堡，却又手脚并用地将其摧毁……"只有沾在小腿小胳膊小肚皮上的／金沙，至今还闪着／曾经的／光斑"。就是写成年人也是一样，像《插曲：追一只兔子》。紧张的集体生产中，一只野兔被收割麦子的社员驱出，不只是孩子们，连戴眼镜的县委干部、指挥劳动的生产队长，也全卷进了由一只野兔引起，人从常规生活的"套子"里冲逸而出无论老少都童心乍现的这么一场忘我的追赶……

"每从游戏得天真"。这样的游戏笔墨，如果说在 2018 年我主持的研讨会之前一类写作中（如《母亲缝衣》《背河》等），都具辛酸却又温馨的传统美，到后期《编大囤》《一颗苦瓜的痴心妄想》等篇什中，就达到我现在最欣赏的"浑漫与"了。

《编大囤》是一首四十年前的旧作草稿，取材乡村中常见的笨人（抑或仍然是他自我），同样枝条，他编不出小巧的"篓"，连粗笨的"筐"也不能，只能"越编越筛晃""都筛晃到太平洋"那边去了。多少年之后，当作者把这件"到老也没收口"的家什再拾起来继续编时，已经不是饥饿年代具体的能聊补无米之炊的一瓢粮食的记忆或想象，而是在物质极大丰富、牛耕生活终于消逝不见的今天，作者对农业精神、粮食主义的一种呼唤和弘扬。

> 一只到老也没收口，也已不用收口的
> 囤，恰合我 50 后农人乌托邦？
> 囤底，九百六十五万平方公里方圆
> 囤帮，随四围青山，以一年一厘米的速度
> 还在长
> 好了疮疤忘了疼？当我怀揣腰搋，把
> 捡回的馒头晒满箩筐，心满意足
> 睡去，每每，我听见粮食从顶着屋笆
> ——白云之上的囤尖
> 唰唰流淌……

在此，我还向读者特别推荐《一颗苦瓜的痴心妄想》。或许诗作仍然是作者自我表现？但我更把这首诗看作是新时期乡村振兴的一个预言。

老年的张中海，尽管回到了他童年的家园，不断追寻和重温他孩提时的梦，但是他没有把乡村记忆诗化为不沾尘埃的净土，而是保持了与现实对话的强大能力。比如《七夕，葡萄架下的谛听》，写的本是早年七夕在葡萄架下听牛郎织女的悄悄情话，没想到，"曾几何时，尘封的传说掘出古典光芒／七夕被推为情人节／相亲大会挤成旧时骡马市／又像物资交流大会／有车、有房、有银行折子就有鹊桥……"作者只能慨叹，农耕时代的爱情一去不复返了。再如，在乡村记忆中，坟墓是追念先人的地方，也是最让人魂牵梦萦的地方。然而当走进统一规划、千人一面的农村公墓，"晒在一无凉荫的太阳底下"，让返乡祭祖的人"打听不到路／又认错了门"，就"只能请地下先人原谅了"（《哭错了的坟》），令人唏嘘不已。

司空图《二十四诗品》中说"俯拾即是，不取诸邻，俱道适往，着手成春"，谈及的是"自然"的风格。老年的张中海无师自通，其诗写放松、自然，到了随心所欲的地步，其诗作内容丰富，形式多变，保留了不同的艺术风格和审美取向。

给人印象深刻的是他对诗歌的纯美的追求，比如"屋檐水"一辑，主题是乡愁，但他不是孤立地、静止地写乡愁，而是善于通过具体的事物或意象，在一个流动的变化的过程中去呈现。由屋檐水"似有似无，不紧不慢"的滴答声，升华至"全然不知，檐水砸在石阶上的／小窝，就叫／岁月……"这样的诗句，不仅有一种语言的美感，而且能在空灵飘逸的想象中给人一种沧桑人生的况味。

与这种坚持纯美的诗学追求并行不悖的，《农事诗》另有一些作品则包容了口语化、散文化、反讽、调侃、后现代以及某些非诗的元素。如在《大牲口》中，他以牲口的去势、以骡子的格外受欢迎来解构农耕文化积淀；在《好想头》《母亲忌日致英雄老刀》中，调侃主人公的卑劣，拿自己开刀；在《一年级的教鞭》，描绘的是学堂里让人哭笑不得的悲剧……在怀恋过去的好时光中，不经意间，就做出对农业文明的反思。这样的写法，在他的早期创作中是没有的，在当下诗写农村的作品中也是罕见的，但在步入老年的张中海的笔下却是俯拾皆是。由此，由顾随所论陶渊明的"身经"想到张中海的"身经"，它的不同在什么地方呢？由此，也想到本诗集中另一首《牛有几个胃》。张中海有几个胃，才能吃进并消化"土地一样深广的苦难与福祉"，然后再凝结为诗呢？

张中海面对归来后已消逝不见的田园，唱出了一曲无可奈何的挽歌。从另一方面来说，它岂不也是一曲新世纪以来农村巨变的颂歌？或者，这种社会性自不待言，它只是一个地之子与世纪儿心灵历程的表现。他的语调是那样放松，笔法是那样自如，心态是那样自由，这也正是我以杜甫的诗句"老去诗篇浑漫与"来命名这篇序文的原因所在了。

2023 年 7 月 26 日

（吴思敬，著名诗歌评论家、理论家，中国作家协会会员）

第一辑　屋檐水

屋檐水

总是在夜里，说来就来了
似有似无，不紧不慢
接着就急骤起来。或者相反
滴答——滴答——显然是上一世纪的
事情了

麦秸屋顶冬暖夏凉
坯墙却怕水泡。人民公社的地堰
也不禁风吹雨打
总是这时候，父亲就回来了
锹倚门框，淋水的蓑笠，可还挂在
旧时檐下？

一场能使屋檐水织成帘子的雨
足以让庄稼喝饱，也使集体生产的豁口
越冲越大。可这与我无关。我只
趴上窗棂，寻找上一次、再上一次
发山水时的动静
有点希望，又有点失望

全然不知，檐水砸在石阶上的

小窝，就叫

岁月……

1981 年 6 月旧稿，2014 年 3 月重写

炊　烟

像母亲于游子黄昏时的呼唤，像
峰峦间白雾、山岚
以它的轻
举起日子的沉
以它的随风消散
浸染年代的久远

教我，屋漏偏逢连阴雨的日子
喝口凉水，也小心硌牙
锅砸了，就再锔起
即便只有半碗饭，也得
双手端起，心平气和吃下
勺子不能向外舀
人在屋檐下，该弯腰弯腰
夜深人静，还要
举头三尺

日行千里，总马放南山
金戈铁马，还解甲归田
该放下的放下，不该放下的也放下

只有这时，那一缕炊烟，才从茫无人迹处

重又升起……

2014 年 5 月 16 日

草木灰

无边的青纱帐、灌木、拥塞的禾垛
都归这了
灶膛。曾经的万丈气焰，农家独有的
——细软
田野、山坡、沟沟岭岭
曾经的茁壮，葱郁，不可一世
即便铁打的，钢铸的，也
不过如此

从来就不是脏的
洗衣服抓上两把
撒田里，就是上好的农家肥
最不能让我忘怀的是熏黑的灶屋
鏊子窝，铜脸盆扣着的
烤红薯、咸菜疙瘩，或
难得一见的小咸鱼。
邻家借火，也总还有一块火炭
吹燃

风雨岁月，草木年华
即便一场不能预见的灾变把一切
重新埋为沉积层
后人也还会惊叹，看，这就是我们先人的
遗迹

2014 年 5 月 17 日

坡　火

先贴着地皮，舔
忽——又站了起来
山涧小溪没有谁一步跨过
却让它，不费吹灰之力
堑上小松树本是护林队一员，却
火线起义，哗变
加入扩张的队伍
风，助火威，火，借风势，火
烧着了眉毛

小把戏先是兴奋地尖叫
接着就不吱声了
脱小袄蘸水，使劲拍打
好在那年代草不成片
树也不成林
星星之火，不可以燎原。都是
烧着烧着，自己就灭了，不然，这场
一不小心就玩大了的
火，非但烧身

并且，烧到现在也
说不定

2014 年 3 月 25 日

后　园

后园不是花园。柴园

穰垛，谷秸垛，禾垛，

野鹊，刺猬，黄鼬，常客

雪后的田野空荡而又寂寥

野兔在这一顿大餐，还

一夜好觉。甚至，失联多日的鸡婆

凯旋一样领回一群黄茸茸的鸡雏

相比而言，西邻大姐就没它

好运了，纸里包不住火，草垛里搞事情

逮个正着。直到多少年后闯关东回来，才抱回一个

大胖小子

光阴如梭，到禾垛旮旯就不能

白驹过隙了

紫色牵牛花都爬进园屋了

奶奶的寿材

还没派上用场。只是

方便了我等小儿，藏猫猫里面，竟

睡着了。那时的我多么聪明，知道

死亡和衰老，正如
地里的农活，都是
大人的事情

2014 年 3 月 26 日

铁砧上的时光

这时候，一般情况还不行
歇歇，回炉，再一次
"刺啦"——我听它猛一哆嗦
一阵白烟。间歇的时候，就
只有风箱，粗气

这时候，已是轻车熟路
两个人的事，比一个人还默契
一辈子没换样的活，还像一辈子没干过
响锤点到为止
锻锤百锤不厌
朝哪里使劲，节奏慢一点或快一点
已由急变缓
这时候，那因多日不用而倦怠而锈蚀
而僵硬的家伙
被硌的豁口、卷了的刃
也早已按捺不住
还没置于砧子，就已泛红，酥软，直到
妥妥帖帖

这时候，耕牛还没下地
河里的冰化了，夜晚还结起
从春秋战国到人民共和
从划枝为犁到锄镰锨镢
当铁砧上的欢叫渐行渐远
我看到街头鲜腥的铁屑，和
炉火已熄的灰渣，还散发着
农业时代的
余温

2015 年 3 月 24 日

麦　浪

藏之于囤？场？
藏之于人民公社半浅不满的粮仓？
藏之于热笼屉？藏之于巷？
无风也袅袅的炊烟里的
香？

这些都不能藏之于永恒哦，还是
藏之于记忆，藏之于想象。藏之于
收割后的田野，白亮白亮的麦茬
——业已消失了的事物。藏之于
穗上的麦芒，至今
还刺挠我胳臂、颈
痒

是谁说，三棵芨芨草
就是一片草原，那么
这一支麦穗，一把刚搓出来的麦粒
就是我的麦田了？
活到六十岁，也还没活明白

没有庄稼的土地

怎能想象！

1991 年 11 月—2022 年 4 月 22 日

红薯窨子

朝阳坡暖，再洞穿进去
土岭怀里，两边是耳屋，耳屋还盘了炕
在细沙和壤土的棉被下
红薯挤成堆，不冷也不热，睡

平时窨子是不开的
来年的瓜种，怎能做今冬口粮？
大雪天，一块烤红薯多么诱人
去崖下看看，只见苞谷秸遮挡的气眼，有
红薯哈出的热气，有人脚獾
脚印

小把戏熟悉通向窨子的路
"就像熟悉本村亲戚的门"①
不像粗心的花喜鹊
摘来软枣藏进草窠，一场雪下来
再找的时候，就忘了窝……

2015 年 11 月 26 日

① 苏金伞句。

半新不旧

突发奇想，把过往的一切扫进历史垃圾堆
翻箱倒柜，让拥塞的空一空，让
熙攘的，静一静
却越翻，头绪越乱

一件军服上衣，谁送的？
有棱有角，压在最底层
一件老式 T 恤，包装打开过
嫌太新潮，不愿往外穿
以后就忘得一点影也没了
而让我的心一下子变软的
是小儿女穿过的
红的鞋鞋，红的帽帽……
一张中学毕业旧照，一半已不在人世
一封未发出的信，投寄地址空着

日子从来就是一头狼
后面撵着
本来就丢三落四，又黑瞎子掰棒子一样

下一个比上一个更好，更棒
却不知，一切如旧
才是最好不过的
时光

2015 年 4 月 20 日

麻　雀

不是夜的莺，不是云的雀
是雀，羽毛带麻点的那种。不好入诗
更难入济慈、拜伦法眼
土老帽，国货。但却不是白的鹳，黄的鹤
那些，它压根儿就搭不上边
不过也不影响
自得其乐。凑一堆
像它的近亲，张中海一族
唧唧喳喳，完全不顾及墙上张贴
"莫谈国事"

生性胆小
一个稻草人就吓得它四散而逃
确定没有杀身之祸后，就又飞回
潇洒，稻草人头上拉屎

记吃不记打
曾经被打成"四害"
千军万马四亿土铳齐上阵

民兵连抱一捆雀爪记工分
像虎狼之师肩一身人头向秦王报爵位
……都过去了，早已摘帽（摘了帽就钻天！）
看好一片庄稼地
就是它的大食堂

盛夏，不北方避暑
雪天，不南方过冬
胸无鸿鹄之志安身立命我家檐下，冬日
从昨晚的烟筒钻出
黑头灰脑，简直一群
顽劣村童

2015 年 11 月 3 日

村　井

不是盘缠细软，挟腋下就走
也不像小犊子或小狗狗
出门跟脚，攥过山梁还不停下
一眼不能背在背上的水井
只能背对。无论东西南北哪个方向
只能在你背后
越背越远

我说的不是你趴下就喝的那眼
也不是带辘轳的（都浅了吧！）
我说的是只有我村才有的
南井、北井（一眼还是咸水）
打水的草绳
比一担水还沉
青石井沿槽沟，就是它勒的
一拃多深

起自哪个朝代？井，和
烟豸铺的冢，和驿，什么关系

作为最后一个驿吏的后裔
他乡的念想只有一个，哪天回去
就只去井台看看，听听
小时候瞒过大人的眼睛，往井里
扔的石头，是不是终于传回了那一声
"扑通"

2015 年 1 月 16 日

古　井

似有回音？

似有沉浸？

历经十二个轮回的圆缺

一年一度，中秋，子时，圆月才

直上直下

投入进去

或者，不是月的追寻

是古井——大地的宝鉴，天光

收入胸怀

圆月沉浸？

圆月歌吟？

月圆月缺

潮涨潮落

月亮能让大海翻滚不已，却

不能让井水

直——立——如——柱

即便怪力乱神使江山易色，却不敢轻言

扳
　　倒
　　　井

一眼不食人间烟火的古井，天露
面对泥沙俱下的洪流
不躲避，也不犯河水

2016 年 10 月 10 日

打 水

五丈深的村井，打水，不仅仅是个
力气活

水桶随井绳下到
水面，桶，不会自己把自己装满
如果只进了少半桶，它就
站起来，似大功告成

得体的打法是先把桶
提离水面，左摆右晃
恰到好处时，手一松，再一送，让
桶倒扣到水里，水吸着
桶，少顷，当你觉得
有大力气在井底下
拽，这时才
成了

二百斤的麻包扛起我不打折愣
长长陡坡，小推车我也能

拱上去，打水却总
半浅不满。一瓶子不满
半瓶子晃荡

2018 年 1 月 1 日

渊　源

桃核或杏核里的仁儿，抠出来
伢崽的小牙还不能
锤子砸，石头
掐，往往先掐着指头。硬过
骨头的核，顶两叶芽瓣
又是怎么拱出来的？
当我从禾垛旁发现刚出土的
桃苗，就迫不及待移栽
家里，并用筷子长的秸秆插小小
篱笆，虽然到头来还是重演
上年一幕，不是让鸡刨了就是
狗蹬了，我也总还
乐此不疲

"桃之夭夭，灼灼其华"
为什么以至到老年的我，还热衷
不着边际的虚无
原来，没成树也更没成林的
桃李，给我织了一片

本来就不存在，所以也
永不消逝，至今也还灿烂的
云霞

2018 年 1 月 2 日

秸秆，甜蜜的事业

没油、没盐、没水果糖瓜的童年
无碍乡下小子，攫取我
成长为无产阶级革命事业接班人
酸甜苦辣咸五味，所
必需的
甜

茅根挖来是烧火做饭的
先嚼一遍。红杏酸杨梅鲜只望梅止渴
小孩们爱大人也不舍的是
玉米秸
掰一棵籽穗回家偷偷摸摸
折一根甜秸不犯纪律

秸皮鲜则利，像刃，但
没有哪个小伙伴嘴角被秸皮
割伤。甘蔗没有两头甜？雪前拥炉
烧饭的秸秆早干巴了，如棉絮
尝尝？是不是也还微微有一点

甜？

母亲的药瓶置于高处，每一粒我都
舔了，多少年后
我最大的奢望就是糖衣炮弹来袭
童子功，我会吐了弹丸
只取薄薄的
外皮

2018 年 1 月 5 日

如果在一场大雪中回乡

如果在一场大雪中回乡
愿意先去哪个地方？
村前麦穰垛？村后打谷场？
"扒瞎话"扒到半夜娃崽们也不愿离去的
"瞎话篓"屋子？
"打滑"——跌一跟头又一跟头
结了冰的泥塘？

都是我童年的天堂啊！
还是村西的弥河吧。一整个夏天我
都泡在里面，从小庄走出是
顺着河走的，迷路时，溯流而上，才
找到家。河小，源五镇沂山
归渤海。古籍称凡通海的河都为渎
你小，不在四渎之列，却不影响我一样把你
视作母亲

雪落无声。无雪的冬天，我
怀念童年那场大雪。藏南墙根雪堆里

那只野兔，是不是
又被黄鼠狼偷走？
屋檐下尺半长的冰凌
还日见日长？

衣锦还乡的游子，省亲高接远迎
而我，只选夜黑
谁举灯照我返乡的路？
冰封雪盖的河床，不就是娘
从天上打过来的一道
电光！

2022 年 5 月 10 日

土造的光环

人，天生都有喜欢灿烂的
本能，特别是那灯芯捻了又捻
油灯也不常明的岁月
"门后藏不住滴滴金"
最长一串二十五头的鞭炮
结束，人家院子里捡来的"落头子"
也嘚瑟完了，元宵至，我们相约村头
崖顶上去看
弥南村的焰火
——那是上过天安门的礼花啊！
我从妈妈烧的香炉里
拔一炷香，一边跑
一边把胳膊抡圆。如此创意
不止我一个。多少年之后
无赖小儿也无师自通
土造的光环，缥缈，悠远
从那条长长的胡同闪出，至今也
灿烂于游子的
招魂

2019 年 2 月 17 日

仰　望

怎不仰望啊
树上鸟巢，天上飞艇，五彩祥云
怎不仰望啊
土蚕视泥土为天堂
蚯蚓叫声歌一样飞翔
五彩鸟、飞艇不常有
学龄前儿童，望得着
甚至还能粘下来的，是树梢的
知了

一只边唱边倒退的蝉
让我忘掉了世界的存在
知了后退，我也
后退。丛丛树叶挡住视线
我就一退再退，一下子就掉身后
红薯井里了……

我曾拽岸边的毛细树根
一步一步，接近发了洪水的中流

我曾以石头砸工地上捡来的雷管

井底之蛙坐井观天，也

不妨井栏上眺眺

我喜大海的辽远，没人喜

红薯窖子幽暗。都约好了，都

还在路上

2022 年 3 月 30 日

一年级的教鞭

一年级先生吕世大，个子大，脾气也大
一不高兴，就把揣粉笔盒的纸夹
甩地上。无师自通，一群小学生就
趴地上，一一捡起。全然忘了他
抽在我们头上的
教鞭

教鞭在黑板下墙角竖了
一堆，全来自小学生之手
麻秆易折，杨树枝子也抽着抽着
就断了。居榜首的是山棘
带刺的那种。其次是
柳条，鞭子一样，抽着疼，还不见伤
抽起来先生也不累。闲来无事
我们就比，谁挨的教鞭最多
就像街头妯娌，比
谁男人下手重
兰菊子被打掉了牙
满地下找。众人拾柴火焰高

终于找到了，小指甲大的石灰屑

像牙

2019 年 1 月 28 日

第二辑　露水闪

农 村

农村是一个广阔的——厕所

不像如今都市街头

什么时候需要了，全都

就地解决。那时

我们总是比谁滋得更高，更远

照准一个突然发现的

蚂蚁窝，就

集中炮火

蔫巴拉叽的庄稼地，唯荒草茂盛

喝口凉水也长膘的青春

一出土，就

锄杠一样粗

2015 年 7 月 10 日

农业儿童

锄镰锨镢十八般武器中
独喜欢镰刀。剜野菜，掏螃蟹眼子，剥蛤蟆皮
马尾做琴弦，蛤蟆皮糊琴筒，
一场电影，东庄看到西庄，都一十三场了
说再也不看了：光咱赢

嘴头上常挂的吆喝是反派角色
一心要做的，则是英雄
希望第三次世界大战赶快爆发
希望苏修和美帝的炮弹一起落下来
希望失败一场，弹尽粮绝的厮杀
寡不敌众，石头被炮火烧红
用嘴撕，用牙咬
希望头顶的"一线天"轰然合闭
牺牲
光荣一回

2015 年 7 月

沙 堡

白净、细软，河水淘过的
夏日，我们都泡这里
沙堡筑得每天都翻花样
细针一样的游鱼：潜艇
青蛙：卫士
水草搭城门，秸秆扎拱桥
可一切都臻于完美的时候
我们就手脚并用
践踏。千年江山，转瞬不再
只有沾在小腿小胳膊小肚皮上的
金沙，至今还闪着
曾经的
光斑

2015 年 11 月 19 日

余　烬

黏稠、急促、挤成团，不分丫瓣
是年夜的鞭炮
一挂比一挂长，一家比一家响
等不到天明，等不到新年钟声
而我等小把戏
仍意犹未尽
拜年。这家出，那家进，鬼子扫荡一样
拣拾，断了芯的
"落头子"

那朝阳墙根，花姑娘小媳妇背后
猛然的爆响
是一场盛宴曲终人散后
仍有不甘的我们
让死灰复燃的
余烬

2015 年 11 月 22 日

捉迷藏

少年的游戏并没有多少迷可藏
无论一黑夜色还是满地月光
无论怎么藏，也都是为了让人捉住
如果真把自己藏得在这个世界消失
那也不算什么高级

如此经历我就遇着一回
自家禾垛里，一钻进就迷糊了
自然，在小伙伴搜索过来时，不会
故意弄出一点动静，当他们
找遍碾棚、牲口圈、两条胡同，甚至
闹鬼的吕家屋子也没放过
就各自回家了
而一夜大睡的父母，居然没发现
他们的孩子，少了一个
天近夜半，我被尿憋醒，也可能是冻醒
被这个世界
生生抛弃

2015 年 12 月 28 日

一墙之隔

涟涟大雨，泡倒了老墙
孩子迎来盛大节日
两家伙成一家
就像我西山走姨家
看到的那样
准备打仗。解放军把一座山掏空
民兵连还发了枪
隔开各家各户的墙全部推倒
不用绕圈子或爬墙头
就可以从自家跑到任何一家
孩子要推倒所有的墙
大人却把塌了的再
堵上！
胳膊拧不过大腿

2015 年 12 月 27 日

满地月光

凛冽。地上像落满一层白霜
又像火塘烧得只剩蓝火了
不能靠近。一近了就"刺啦"一声，灼伤
大人说街上的叫花子已冻死两个
屋门外尿尿，得有人使棍子砸
孩子们却不信这个邪
"嗖"一声，就蹿出去了
即便就是这么一个小庄
两根胡同，也够我们折腾了
如果大人拖着长腔追我们回家
那就请他们也参加我们的"拿人"——
类似哈萨克兄弟的"姑娘追"
不过，我敢保证，被追住的肯定不是我们

世界是你们的，也是我们的
但归根结底是我们的
你们老年人，就快回家抱你们的"暖婆"
暖脚去吧，那

又白又大又冷的月亮，也是我们

七八点钟的太阳！

2015 年 12 月 29 日

大　水

终于发了。十里之外也能听到，汹涌的轰响
到嘴的庄稼全都泡汤
逐水而居的亲戚，没了往日的不可一世
终于退到烟冢铺，我岭盖子上的庄
扎庵屋，换衣裳。那是大人们的事情
我们只坐在崖头，看水涨

看平时一手不露的大爹
一个猛子扎进去，河中间才冒出头
看一条大鱼，潜进去，又露出脊梁骨
近了不免失望：大树

婶子大娘摆供桌求老天睁睁眼
我们也跟腔后，磕头，假公济私
让洪水再大些！"暴风雨来得更猛烈一些吧！"
把我们冲进大海
冲进太平洋
让我们一群旱鳖喝个饱

与那挑着红灯笼舞着剑戟的水物

狂欢一场！

2015 年 11 月 20 日

插曲：追一只兔子

拾穗的小孩子大呼小叫

说时迟那时快，青年散兵状包抄

县委王叔支援三夏回村

迈四棱步

这会顾不得斯文了

摔了个趔趄。我眼镜呢？眼镜！

只有生产队长方寸不乱，舞镰刀喊：

"别碰我的麦子！麦子都熟掉头了！"

当兔子撞到面前，却也手脚并用

好像他一下就忘了龙口夺粮

先指挥一场短兵相接的战斗

多么丧气！兔子转眼就没了踪影

只留下悻悻然割麦子一群

气喘吁吁

仍有不舍

2015 年 11 月 20 日

禁　忌

不能指画枝叶间的青杏
总是指画，它就"瘪肚"了
不能跟女孩玩
你看你臭脚丫子怎么就烂了！
不能糟蹋雪
那是上天的恩典，面粉
年夜不能大声说话
"吃饱了"不能说"不吃了"

敬惜字纸。不能忘了自己姓什么
不能摘了帽子钻天
不能欺天
就是夜深人静，一个人没有
你做什么，老天也都看着
滋蚂蚁窝肿小鸡鸡
戳燕子窝瞎眼……

童年的禁忌全都来自祖母，一字不识
至今，也还让随心所欲而不逾矩的我

如履薄冰。不敢越雷池一步
一分墙，三分法
墙不能跳，梁就更不能
无论做什么
要"把门里来"①……

2015 年 5 月—2021 年 5 月

---

① 　山东方言。意为人处世依情依理。

母亲缝衣

炕头上，有针有线
有筐箩，有尺
母亲穿针引线
为我缝衣

灯影给了我和我姐
念书，做功课
她离灯远一些
看不清，还迷糊，老扎自己的手
扎着一次，就骂一句，
你个狠心贼！
我给你缝衣，你还扎我
叫着我小名

好像扎她的不是她自己
而是我姊妹兄弟，还有爹爹
轮流扎她
扎着她玩

2016 年 11 月 3 日

针线笸箩

裁缝铺就在门口

缝缝补补，女人喜好自己的针线

一件膝头磨透的牛仔

让她一修理

就成了时髦

烟蒂烧我衣襟的窟窿

她一点缀

就生出一枝花

身上的衣服，并不全是自己剪的

却还是自己剪的好看（穿什么什么好看）

一块印花土布

就让我小囡花枝招展

又艳又俗被面，围上床头，蓬荜生辉

小女爱从笸箩里抽橡皮筋

本宝贝则偷那细针

烧红，弯垂钓鱼钩

日子细密得就像针线

笸箩总也闲不出个空隙

那枚顶针她就总摘不下来

俨然钻戒

2016 年 2 月

露水闪

就那么一闪。再一闪
一闪就没了。久旱不雨的
长夜，天傍亮的时候
影影绰绰
若隐若现

一道只带来一场露水的闪电
无声。没有霹雳雷鸣
也救不了越烧越大的七月流火
却在满天星光的黎明来临
普遍。不舍一草一木
河潮十里
露打三寸！

2016 年 1 月 1 日

麦草戒指

秸秆一节节插起，做扬水站。抽泉子里水喝
伢崽们最爱
小姐妹则作细指绕
编的是戒指

刚熟了穗的麦秆又鲜又软
妹妹手里，就更听话
最好的一枚，花落谁家
给了我。我没转过身去先给妹妹戴上
一甩手，扔进背后的泉水

小伙伴哄笑不怀好意
妹妹听不见，权当什么也没有发生
回家后却一顿猛掐，求饶也不中
手背上的指甲痕，至今还留着
麦草的腥鲜

2015 年 12 月 30 日

浣　女

浣女最美的是那赤脚

不是头巾

赤脚早从裹脚布解放

不见人处，就更不拘束

大脚趾先，二脚趾进，像花被窝底下挠

那口子的痒，抠

流动的白沙

小鱼儿以为是钻藕瓜下了，吮

倒是脚丫先忍不住，抽回来

又伸出去

手里的搓衣板一直没停

是的，浣女最美的也还是赤脚

不是肚脐

也不是胸沟

一仰一俯，要的就是露

那时，不期而至的凸鼓都用布条勒着

不许它颤。不许乱说乱动

是的，赤脚的浣女蹚向河中心
裤管湿了，裤管挽到了大腿根
也还是这河，看着浅
还真有点深

无礼的河道

有礼的街道
无礼的河道
一字不识也讲礼数的乡亲
一条河面前，都往往以
唯物论者的姿态，把
约束解放

夏夜的欢浴自然算不了什么
我说的是大白天日
上游几步，青年过河
全脱，有那个必要？还
故意弄出更响的动静
而浣衣的女人，也
不示弱。在把花衣都晾到沙滩上后
就把捆扎多日的发髻解开，淋
小背心也甩掉
如果有那愣头青挑衅
奶孩子的媳妇，就
捏奶水，机关枪一样滋老远
追，一河欢笑

背 河

大水什么时候来的？无雨
河面却陡然宽出三里
淑女寻找熟悉的踏脚石
不得，忍不住发愁
哪个来背我呢？只心里话

还不是我来背你么！
并没有唱和，也无言声
汉子蹲下身，淑女就
乖乖趴背上了

嗅见汉子富有穿透力的汗味了
听见汉子粗重的喘息
脚底一趔趄
上下的手臂都使了使劲
还好，最深最激流处，都
坚持住了

2015 年 12 月 30 日

浆果处处

总还习惯叫它小名
酸枣，拆拆李子，棠梨子，屎瓜子，狗奶子
不能动它心思。一动心思，涎水
先已流下，三尺

超市怎么会有？城里怎么会有！
得去老家。临朐，七贤公社青崖头大队烟冢铺
马虎窝，皮狐沟，南沟，剪子沟
小时候我整天就在那里游荡
只要出去，从不空着手回来

不要到人多的地方找
它不喜热闹，喜欢藏棘寞里
还不要急。如果急了，它就
只有涩，吃得舌头都拖不出来
如果有一回不躲不藏
也是高处，崖半腰，叫你够不着
干咽唾沫

落　漏

庄稼人讲究颗粒归仓
秋深了，如果还有哪些落在田里
就不忍。有时候却糊儿马约
譬如垄间豆粒，还没揽净的麦穰
譬如园里枣树，我还没罢手
奶奶就叫停了

树顶落漏给孩子多少欢乐？
不用翻墙头就能进来
园门敞了。小伙伴们竿子一根比一根长
大胆的还爬上去，晃
好像小瓢送他家里的，不甜
偷偷摸摸，或明抢明夺的
才香

等天寒地冻，大雪封门
梢上的几颗，就是鸟的了
鸟儿记性好。如果能记得，就一定还记得
每青黄不接，这儿都有它隔夜的粮食

而夏天时，还开了回洋荤

那只青虫

2015 年 11 月 20 日

好想头

上到三年级我就不上了
一心放牛
老师问，怎么就不上学了
我说想当王二小
队长说怎么就学够了
我说把鬼子引进埋伏圈

我说把鬼子引进埋伏圈
实际上我还真打了埋伏
哥几个没一个有媳妇的，也没有妹子
换亲？转亲？等白了毛也不会有
我的份

也都是听奶奶故事中的毒
把牛赶到河滩，天黑下也不回家
仙女来河里洗澡，我不就先——
抱走她裙子……

当然，这想头打死我也不承认

就是想当英雄么

不当牛郎那样的流氓！

2016 年 9 月 22 日

母亲忌日致英雄老刀

老刀真犟种！不怕娘打
不跑不求饶
直让爹打到手软，让娘打到
抱着他哭，认错①

这还是钝的那面，刀背
我做不到。"放下棍就夯煞
拾起棍就吓煞"。往往是
娘的棍还没举起，我已
举手："我投降！我投降……"让
向来就对我兄妹大打出手的娘
没一点办法
在学校教鞭底下，一样
唐僧念的紧箍咒下，一样
刀搁脖子上，就更不用提了

那时，娘只夸我一个，乖。懂事

---

① 见广州诗人老刀诗句。

直到临死才骂一句狠的
狗日的什么鬼下的种！不随他爹
也不随他娘。整个的一个
穷贱骨头！

2016 年 9 月 29 日

启 蒙

一场大雨把天河掀翻
爹娘爬上树杈，挟一袋子糠窝
财主挟的是金条
一天一个窝头，让爹娘
度过了洪荒，从另一树掉下
财主喂了鱼鳖
财主以一根金条换一糠窝
老爹不肯
这才有了我，有了我农业社
红薯面子一样甜蜜的
生活

娘讲家史什么意思？
穷？光荣？正确？也更让我
反其道而行之
糠窝给了我糠秕的眼睛
我却瞪成牛铃寻找金条

2016 年 11 月 25 日

暗　处

熏黑的床底有什么秘密
当我以妈妈梳头照的小镜
折来天光
床底就曝为光天化日
包括箔棚上面，类当今阁楼那样的
空间
再以河口淤土中捡来的
瓷片，接力
让阳光再拐一个弯，跳上
屋顶下的箔棚

我天！老爹给我没收的扑克牌
弹弓，什么年代的线装书
似懂非懂、看了一半还没看完的
"封、资、修毒草"，小人书，计划生育手册
腌了一年不让我们见面的鸡蛋罐，
炕洞鞋空箩小手绢包的
崭新、能割耳朵的十毛大钱
……

像电影、幻灯片

尘埃，冉冉浮动

我不敢再深入

把镜子收起

包括摇晃在光芒中的小手

让阳光重归阳光

黑暗重回黑暗

2016 年 11 月 29 日—2022 年 4 月 3 日

一条大鱼

就是你逮的
你逮的大鱼
不是捡的
我们错了。是你逮的
不是捡的
爹娘越是翻来覆去叨叨
我就越发不理他们
再也不理他们
把我空手逮鱼，说成是
捡的！

现在想想也是，那条鱼
不就一个冲浪不成
一头扎到了沙洲，让我
碰巧抱上了岸
可当时，为什么就避讳那个
"捡"字

2016 年 11 月 12 日

处　方

小米二斤

白面五斤

大豆三斤

鸡蛋三十个

猪肉半斤

蒸、煮、煎不论

花生油做药引

每服五钱（可猪大油代）

合红薯干，月内服完

忌生、冷、凉

一日三次

每次适量

饭前服

1971 年寒冬

诊所高明玉大夫

处方

让我等联中生

面面相觑

那时，我们每个人都

心口疼

吐酸水

不约而同，去合作医疗

求医问药

2022 年 3 月 10 日

收拾饭桌的妈妈

落在饭桌上的饭粒
捡起来
吃了
桌子下一粒药片
也填嘴里

吃了不疼
瞎了疼
娘说

2022 年 3 月 10 日

第三辑

墙情

年　景

元宵节灯笼，不是如今电灯泡子
扯进去的那种，桑皮纸糊的
南瓜样大小
灯芯蜡烛
朦朦
憧憧
照不远
心里明

关键有雪。纷纷扬扬，落在
灯笼竿子顶的柏枝上，落进
孩子脖颈，仰脸就落上
睫毛，扑簌簌
无声

好啊！出了节也不用先出工了
麦子还没醒呢
今夜大雪一床被
来年枕着馍馍睡

打　囤

二月二，龙抬头，小孩子盼的是
炒锅里乱蹦的豆粒
开门头等大事，天井里，大人则
打囤

草木灰，撒一圈又一圈
圈里，再撒几粒粮食，那就是
苞谷囤、麦子囤、红薯干囤了

有的囤还搌上折子，搭上梯子
老爹喊，快过来帮忙
老娘应，这么高，挖瓢粮食也愁得慌
好像她已哆哆嗦嗦，从梯子上
跌下来一回

话这么说，农人并不贪
他们知道，开春下地，就是
粮仓里挖粮食

豆子麦子好粮食

丈母娘是好亲戚。好的，就

不能多的，豆子囤、麦子囤，打得

都小，一个

"九九加一九"

"九九加一九，耕牛遍地走"。走
平整酥软的沃野，走
丘陵的梯田。是犁田
拉着犁走，嗖嗖的
如果你看到还有闲着没上套的牛
那就看牛后头跟着的人
肩上
犁犋

偶尔也有牛走不到的地
比如挂在山梁，老婆腚、苇笠头大的
两块，早都
收拾好了

不能等开春
一开春，压也压不住的地气
拱得，虫虫豸豸也蠢蠢欲动
（所谓蠢，就是这个意思了？）
听那啪啪甩响的牛鞭

逞强一样，山崖回声也凑热闹

而那一声、再一声"哞——""哞——"

不是被压迫者低吼

劳动欢歌

2015 年 6 月—2021 年 5 月

好消息或蛛丝马迹

刚翻过的土地，农人想晒晒
再耘，整麦田畦子
刚一个时辰，土坷垃与土坷垃间，凭空就
结满蛛网

不是八卦阵，却把
满野秋阳都扯过来
丝丝缕缕，闪细碎的光
如果一早，还挂满露水，风也
摇它不断

这时，犁地的农人，就
把牛喝住，让它墒沟里趴趴
自己也从从容容，抽袋烟
来年收成
攥把里了

农人不习惯张望眼皮底下之外
世界风云，不草梢上跳，自己称自己

老粗。但他知道，如果他

不和土地打成一片

头顶高粱花，两裤脚泥，他

就不会在蛛丝马迹中，发现

重大迹象。蛛丝怎么凭空

满地都是了？针尖样大小的

红蜘蛛，并不是

每年都有

一样的月亮，不一样的望

一人一小份，六分之一块的月饼
刚塞塞牙缝，打不了馋虫
小孩子不抱怨，还忽有雅兴
望月。大人却怎么也提不起精神

实际上，大人的眼睛一直没离开
渐上中天的那轮，只是相反
不要月明！不要。如果月亮跟下那块云彩
不弥漫，他心头阴影，就
散不开

"八月十五云遮月"？不指望了
"待到来年雪打灯"？可能？
眼瞅着秋分到，种子还没下地
如果明春再没有雪，麦子
又怎么返青？

盹——打草苫子

一百个不情愿，也还是老老实实
爹身边坐了，麦秸，一把把递过去
一个草苫子
很快就出来了

类大兽教幼崽捕击游戏
却乏动物凶猛，所以就
盹

大人也不是不打盹
打着打着，手就慢下来了
就停了。逃跑的机会来临
刚起身，一把
又被拽住了

山草苫子比麦秸耐实，但也不会
不朽。土墙怕淋，禾垛上的也
两年没换了，要紧的是新麦
立马上场，不多准备几个，心里就

透风撒气

打草苫子不是整桩农活
不能占下地生产时间
只能在夜里，或下雨天
打个盹，也就完了

"淹镰"

赶集上店，多是女人的活
这一次，却是男人。镰刀
三把，新笠两个，架子筐的披肩下
三根黄瓜，一斤小咸鱼
怕别人看不着，就又遮遮

这回可淹湿乎了？
淹它不湿，那镰刀就总掉头
草要子也没劲。熟人搭讪
汉子只笑不语
明日就开镰了——这重大农事来前的
仪式，早已让他
磨刀石也蹭蹭
麦子啊，满怀满抱
幸福地倚他
怀里

墒　情

刚出土的谷禾
细嫩的尖，劲头有多足？
一场急雨过后，板结的地皮
生生顶起来

这时候下锄就不能深了
也不要太浅。松土一遍的田垄
不干也不湿，踩在脚丫下
就是细面。这时候
农民的心，也开始变得
又暄又软

不是不放心脚下的土地
没有草也还要锄，土地从来都
实的，知情，达理，但
不受哄。"人哄地皮，地哄肚皮"
只能你下足功夫
要个满，她就给你个
尖

风调雨顺

蛙不打鼓，蛙
什么都不说，蛙
知道好歹。蛙
没有反应的雨
被农人指为
臭雨

农人不辨香臭
剜到篮子里的都是菜。地
也是这德行
上天给她的，她
都收着
不挑三拣四

臭雨也是雨啊
即便一场涝雨
这时候，队长已吆三喝四了
凡扛动锹的，都涝洼里引水去

他想说，快到嘴的粮食，别让水泡了
说出来的却是
看能不能划船！

套　种

小麦还没收的时候，畦埂
先点上玉米，玉米间又种上
大豆，黄烟垄间则是萝卜
当单位面积产量也时髦负增长
天地间再没哥伦布新大陆发现
我们只能以空间
换时间
未婚女青年走婆家第二天才回
农民也用这个词
形容

西方人说，再也没有比中国人更
精耕细作，种地当作艺术
怎么不是这样呢？集体生产的边角
我们种自留地
小农小生产作坊间，我们育
资本主义萌芽
田里稼穑，田埂桑麻
桑叶养蚕，蚕矢养田

房前屋后，种瓜种豆

种瓜得瓜，种豆得豆

2022 年 3 月 20 日

红 薯

不张扬，喜藏
窝着。田垄拱得像奶孩子女人的
对襟褂子，浓密的瓜秧下
撑开的一道缝后，是
我流涎的欲望？记忆或
想象

叶子晒干
不舍得给猪吃
瓜蔓磨细
我救命的粮食
何况还能酿酒，酒后吐真言
我是你养育的啊，一代人
即便也曾是我胃酸胃痛的病根
那个年代，谁家日子
不都溃疡！

盛世修志，旺族续谱
循街头身价一路飙升的

烤红薯摊子，瓤

我查粮食族谱支系，红薯

俗名地瓜，又名白薯、番薯

非土著，十六世纪中叶美洲入籍

舶来品

玉　米

到地里看这种叫作玉米的庄稼
最好是在月下
七月，一场透雨后的迷蒙里
地头上走走，四下里的拔节声
"咔吧……""咔吧……"

层层叶片，叠叠剑戟
烽火岁月，它还演绎过
只属中华一族的神话
和平年代，那饱鼓的棒槌
又多像母亲怀里抱的，腋下挟的
一个，又一个
娃娃

最让人熨帖的还是收获季节
或一嘟噜一嘟噜，挂满檐下
或绕树而上，聚黄金的塔
玉米、玉米，这唯一被称作玉的米

让曾经腥气加唉哼的农家

有了一瞬间质朴、温润的

光华

高　粱

和大豆、谷子、麦子的谦恭不同

有土就生，见风就长

这粮食家族中的长子

知道一落地就往哪里发力，根须

如大爹暴突的青筋

又像鹰爪，一点也不含蓄

紧紧攫住，然后向上

河流，村庄，田野，就这样被带动，跃起

分出高低

宁折不弯是它

宁弯不折也是它。风风火火

祖传的血脉，即便砍伐之后，也

不失本色，深秋

挂满露水的早晨

每一茬子，都咬牙切齿

凝着寒光

麦 子

红薯叶子、蔓子也填不饱肠胃的岁月
在我们乡下，麦子
被称为"细粮"
"三秋不如一麦忙"
六月抢收，称
"龙口夺粮"

蚕老一时
麦熟一晌
转过身来，麦子
就黄了，当日子不再青黄不接，当
山珍海味成为寻常，当
农民工以物美价廉取代七级工、八级工，当
白面馍馍啃一口就扔
上好的田亩撂荒，铁牛
辍耕之垄上
我实在忍不住小农小生产的忧伤
忍不住以此诗为奏本，给谁？
容我再想一想

一粒麦子，难道仅有你精确无误

科学分析出来的营养？

一颗露珠，仅仅是一颗露珠本有的

分量？

1990 年 11 月残篇，2015 年 5 月改定

农时书

立春

太阳历最后一个节气，偏作
一年之始。凡事都趁早
离耕牛下地还有
六十天呢，喂牛的老汉，却
像我皇一样，把牛
牵到村头以鞭击
"打春"

"春打六九头，叫花子不用愁"
"春打五九尾，家家挪不开腿"
耕牛早已退役，犁头也不再鸣响
小学校钟声的时代
先人俗话是否应验？请君查对
刚刚过去的几年，打春
都在哪天

此时，疫，天寒地冻，闭门大吉。仍不妨

桃李芽苞如婴孩乳牙，鼓凸
池渊鲤鱼，负冰而起

雨水

春始木，然树生必水
冬眠万物还懵怔不醒，树
早已起身，根，又往下扎了半尺
东风解冻，散而为雨

"遇雨则吉"
即便不湿地的"无根水"
冬闲变冬忙的农田整修，也都
散了，包括河工，包括旧时乡村械斗
小麦拔节，"尺麦怕寸水"
那就再来一场大的

春分

一天平分，一季平分
古人称玄鸟的燕子，穿越
冬春之交的混沌
带来雨水、杏花和风
是时，正男女私会大好时机
国家也恻隐，奔淫不禁

"春分麦起身
肥水要紧跟"。是时候了
还等什么呢!

清明

天子率众臣鞭打春牛那天
乡贤放进土坑的鸟羽,也
飞起来了。飞起来的还有童稚
纸鸢

清明难得晴,更难得雨
一滴滴,一星星
一棵高粱打一升!

出门踏青
回乡祭祖是最好理由
慎终追远,又逢三月上巳
香熏药浴,仕民皆濯于东流之水
洁与耻尚未沦灭的时代
悠悠万事,唯此为大

芒种

"芒种栽薯重十斤,夏至栽薯毛根根"

稻也是

时雨及芒种，四野皆插秧

收也不能慢了，生割麦子出好面

"十成收，一成丢"

万物忙于生长

枝叶交叉侵入大有时空

男女老少，昼夜不分

马㞗蹶子人搓掌

一夜机器响

最给我刺痒的还是芒种的芒

种，从禾，从重，先种后熟

麦穗饱满

榴花灿烂

夏至

不谓夏之来此，谓极也

此日，北回归线立竿无影

一阴生，天时渐短

鹿角解，蝉始鸣

晌能歇，锄不能歇

此间大事主要是耪除地里麦茬

还给玉米松土、间苗

此日祭神，除疫疠、饥荒、死亡
虽不能至
或竟能至

立秋

末伏未出，天仍暑
百草再过一个节气才结籽
天欲西行，水欲东流，二者争
因之，先人把时空
命名为争讼之卦
"种时你能偷着种，长却不能偷着长！"
秋后算账，你这片"小开荒"，得
说道说道

丰收之秋也是多事之秋
大汗这时总是率队出去溜达一圈的
他知道秋高马肥，不知道，草木零落
也是从此开始
美人迟暮，英雄末路
该出手的也都出手了，凭空，谁
又添些许愁了

刮春风下秋雨
万物皆有定数。农人

讲究颗粒归仓，不习惯留一些籽穗
给鸟、兽、穷人

寒露

七月流火，九月授衣，蟋蟀
先至我窗前，接着又是床底
露气寒，凝结于此，暂时没有成霜

此时，我的中原白云红叶
天清气朗
至于海南，则蝉噪残荷，秋雨涟涟
大江南北，夏冬一统江山，春秋则分野彼此

雀入水为蛤，菊始黄华
鸿雁鸣惊弓，恰与惊蛰蠢蠢欲动相反
穷兵黩武者，又酝酿沙场秋点兵

旅人远行季也到，登高莫忘避险
谁家女儿又新嫁了

立冬

入冬，天反而转暖
风不大不小，太阳正好

一年到头，岁余的日子是用来闲的
田野里走走，或倚禾垛眯盹一会儿
别再捣火棍一样背后捅着，火烧火燎

春灌的明渠已重整一遍
红薯窖子也留好了气眼
棉花柴拔了，咸菜缸盖上了
农人不要"冰敬"，要"炭敬"
再整两筐煤给丈人送去

锄镰锨镢都上了墙
该擦拭的擦拭，该上油的上油
包括老旧的手扶拖拉机
十月小阳春不是三月阳春
一场秋雨一场寒
天井里晒的大花棉被
又暄，又暖
太阳的味道

小雪

冬藏，虹也藏了
庄——装，满坡满野的庄稼，包括秸秆
都进庄了。蹲墙角扎堆的乡党
已不找阴凉

天气上升，地气下降，野物蛰眠
没归家的只有丰乳肥臀的大白菜了
不急，地里再待一个时辰
不图足斤足两增什么成色
"小雪扳白菜"
见见冰碴

大雪

"大雪不封地
过不了三两日"
雪含氮，还是雨的五倍
有如此之识的农人毕竟
少数，"瑞雪兆丰年"却人人会吟
大雪节气不一定有雪，如有
就是祥瑞
接龙赋诗的人无高低贵贱之分
却带各自烙印——
文人：大雪纷飞落地
商户：全托皇爷福气
土豪：再下三年何妨
叫花子：放你娘的狗屁！

雪，给冬小麦盖一床被子
雪，让每一个中国人，成

风雅之士

冬至

测土深，正日影，求地中，验四时
两千年前周公首创，作一年之首
日短之至，日影长之至
以农人直觉，到现在还是认定这一天
是最好的春节
一阳复来，所以见天地之心
而这年岁的终点和起点，也恰是
罗马基督圣诞
也是波斯太阳神、罗马太阳神
诞生日

此时，农人也窥见太阳神
怎样亲近自己的茅屋
从门槛直到屋中，一寸寸往里挪
最冷的日子，照进太阳最深
然后，日影渐短，一天收回一线
这一天过后，织毛线的女子发现
比平时多织了几针
这一天，井泉最旺

2018 年 10 月 23 日—2022 年 6 月 12 日

第四辑　牛有几个胃

雷阵雨

那年我写悼亡诗《雷阵雨》
光膀子的老汉夜校回家
"浑身是水""褂子不穿搂胸前"
老伴抱怨，接着又泪奔
褂子里包的是
家传宝卷。继承爷爷遗志
再也没有比老两口
抱着宝卷念一遍，再抄一遍更能
主题表现了

好诗源于生活
"褂子不穿搂胸前"细节
出自 1973 年我任生产队副小组长时
真实经历。大田里干活
雨说来就来，没蓑衣，也没苇笠的兄弟
怕褂子淋湿，纷纷脱下
护在胸前。我则把鞋子
提手里。娘留给我的新鞋，不能沾了
泥水

2022 年 3 月 19 日

连着锅灶的土炕

连着锅灶的土炕
还在记忆中
发烫。弥漫整个土屋的柴烟啊
呛。娘说，烟是暖绛

不知这个绛是不是娘说的那个
绛？弥漫，虹彩的意思

想先民是多么聪明，没有炭火
冻掉下巴的严冬
因了一个火炕，缩手缩脚的
农人，就能尽伸四肢，睡个
舒坦觉

炕不用专门烧
做饭烧锅的火，准确说是
烟，炕洞里拐几个弯，就把炕
烘热了

土语说故意使坏

"支炕不留道肚（烟筒）——

有意存焉（烟）"。事实上，谁不想

让通过炕洞的烟，顺溜溜

冒出去？到头来，返工几次

烟筒里的烟也还经常

倒灌，满屋里

都是

2022 年 3 月 22 日

结绳记事的绳子

没有文字之前就先有了它
它为我们记事，比我们用它捆缚
还早五千年

系一把野菜就扯根草蔓
谷捆麦捆则直接用禾秸
井绳茅草拧而不用苘麻
猪鬃打成的则称为犋绳
绳具亦是刑具
准绳，绳之以法，人民民主专政之核心词，均一绳所系

口要扎紧，譬如送公粮的麻袋
捆要狠劲，比如收秋
如山的一堆如不是一捆捆垛起
松垮，很快就如
帝国解体

白天和黑夜的连接处

打一个结，年头和年尾也一样

越勒越紧的是束扣

一拽即开的是活扣。结是为了解

我却时常把活扣系成死扣。一辆破车子

也还时不时就给以

五花大绑

2022 年 3 月 14 日

土　布

多少年后，娘的纺车也还在我
上一个梦与下一个梦的连接处
嗡嗡
赵家的纺车
卜家的织机
爷爷的弹棉花机
东邻西舍凑的棉花
小农小生产小作坊情景再现
"死行"多年的家把式，扑打扑打身上尘土
还和二十年前一样
有板有眼

非商品生产。自种、自纺、自织、自染
一身老粗布裤袄，让我在
1971 年一群社办高中生中
极尽光鲜

多少年之后，班花也总还提起我
大腰棉裤。青不青，蓝不蓝

上下不一个颜色。而我当时

最烦的是被线缠绕

棉花绒卷到古椎上，线穗缠到线拐上

缠着缠着就乱套了

而娘，总能在一团乱麻中，找到

解开的

线头

2022 年 3 月 11 日

坏 墙

以一根木梁，支住
不行就再一根
这样，墙就倒不了了

土泡得不干不湿（太稀了上不了墙）
掺些麦糠，醒过来之后，以木板拢住
先上面踩，再夯，成形之后
两面则是，打
农家墙啊，没有八达岭叫作城的长
不可能秦皇那样
以米汤和泥，或者干脆以血肉
四面一堵，头上再蓄个麦草顶子
那就是我
家天下

在家靠娘
出门靠墙
靠着墙墙倒
靠着屋屋塌

这样的窘境不常有，但一辈子总会

遇一两回

这时候就靠自己膀子了

兄弟

撑住！

木头橛子

庄稼人屋小，农具又多
屋角放不下的，就
挂墙上。锄镰锨镢中的锄镰
牛筐、蓑衣、苇笠头子

挂起的都是临时不重用的
随手就拿的物件，只挂一人高的地方
稀罕物如打牙祭的月饼、火烧
就挂梁头。小孩踏了凳子
也够不着

橛子是木头的
木橛坯墙
农家标配。标配的还有屋檐下
一串红辣椒，一嘟噜一嘟噜玉米

铁钉不行。揳进去不费劲，却
挂不住东西。土墙
不吃钉

2022 年 4 月 7 日

时　间

吃了冬至饭
一天长一线

一线是指屋檐下的日影
奶奶坐檐下纳鞋底
奶奶的奶奶搓麻线
妈妈既搓麻线又纳鞋底
身后茅顶就是日表
天井日晷
"日至之景，尺有五寸"
没有时针分针指引，也
没误了春种，没耽搁秋收
没忘了娘生日，孩满月
没忘了过年

"听他说的，过年也过错了"
乡党评价不靠谱的人常这样形容
奶奶记忆中，只有河对岸村子有
过错年的笑话

放完鞭炮，过河拜年
大尽年三十过成小尽年二十九
知错就改，第二天又
重过一回

2022 年 3 月 11 日

生 养

"犊子"生在磨道
"棒槌"生在苞谷田里
剪刀摸不着，就摸了把镰刀
火里燎燎，脐带割断，再
大襟褂子一包，小伢崽
抓块坷垃就嘴里唵
磨道生的那个，捡了块
驴屎蛋子

土命的种性
沾了土腥就精神
吃喝拉撒睡，一个沙土布袋，就是他
全部世界
像瓜蔓上瓜纽，滴里嘟噜
不都周正，转身看时
都长大了

一母生百般
也有皮狐也有獾

傻小子

小时胖，不算胖
不算胖，那又算什么
娘说
奶好

娘不是牛
糠窝窝，红薯头子，上级号召的"瓜菜代"
比草好不到哪里去
鸡腔眼子里抠出个蛋
也留给下地的男人
即便这样，鳌子窝摊煎饼，也不误把奶子
豆腐布袋子一样背后一搭，给小畜生
吮。小畜生也
有一个算一个，不会走就想跑
像浇了大粪汤的庄稼秆子
一劲蹿个儿

傻小子，睡凉炕
靠的是火力壮

大牲口

不是猪、羊、狗之类
毛驴也算不上
在我们生产队，大牲口
拉车，犁田，山半腰驮上驮下，都是
人干不了的
活

农业社的账簿上，有它专门
户口，二月二炒豆，就是给它加小灶
留下的民俗
人老大多在开春，有时像拉开了秸垛
队长没事人一样；而死一头牛，却哭得
稀里哗啦

牛、马、骡三牲
谁最不受待见？
马，毛病多，牛
活好，但脾气大。最受人民欢迎的是

骡子

几近完人

2016 年 6 月 22 日

驴 道

在它面前
没有终点，也没有起点
世世代代，月月年年
它的杰作永远是一个
圆

沉沉石磨
古老的唱片
方向一直向前
路线从来不偏
它挨惯了鞭子
发了怒至多尥一尥蹶子
突然有一天它
松了绳套
竖着耳朵，站在那里
傻看
原来不知是哪个调皮孩子
偷偷给它摘下了
那个"捂眼"

1982 年 2 月

快乐的驴子

畜生，如此通人性！
还捂着眼呢，怎么就能知晓
立马就卸下那
拉了一辈子的皮缰
最后三圈，颠颠跑起来了
一盘石磨，拉得呼呼生风
也尥过蹶子，偷过
磨盘里的煎饼糊子
挨过鞭子，在一堆
累死人也不偿命的粗活重活面前
一头看出门道的驴子，晓得
孰重，孰轻

和鬼推磨，驴就附了鬼魂
给人拉犁，驴就有了灵性
畜生虽笨，耳朵却总竖着
戗毛驴，顺毛驴
夹着尾巴做驴
在一群骟了的公牛和骡子之中

它晓得哪是自己死穴

（偷食偷懒偷安偷闲就是不能偷情呵！）

夹紧总要打挺死也朝上不可泄露的天机，居然

平安着陆

做驴就做这样的驴呵

看这畜生，看这终于卸磨的牲口

温热的沙土堆里多么熨帖

一个滚

又一个滚

（一个滚起来，就又抖搂，就又嘚瑟了）

四蹄朝天

活活把人羡煞

2014 年 6 月

热爱阳光

"生活在阳光里的人是多么好啊！"
捷克作家伏契克《二六七号牢房》中的一句
我教这篇课文时不免对学生嘟囔
这还用说吗？甭说人
就是畜生，也知道
太阳窝比冰窟窿舒坦

我家猪圈小且矮。没棚顶子的半截朝西
只有太阳快落山时才照进一点
并且很快上移到东墙

给人打比方时都往往以猪比
汶川有"猪坚强"俺家有"猪精灵"！
腊月寒冬，太阳就是
幸福生活
看着阳光一寸一寸往墙上爬，猪就
一爪子一爪子往下扒拉
年复一年，土墙凹进二指，凸起
溜光的亮

小的时候去圈里喂猪

只笑了一笑，猪也和我一样

怕冷？现在想想，如果阳光能让它扒拉下

掀身子底下，它将会"追追"欢叫成

什么样子！

2015 年 7 月 2 日—2025 年 1 月 17 日

一场始终没下来的雨

我听见蛤蟆打啪啪，钻出地堰
满地蹦跶了
一群旱鸭子淋成落汤鸡
拍翅膀喊如黄灿然译
"爽啊！爽啊！"
可我依然装作什么也没看见
也没听见，甚至不敢抬头
望老天一眼

即便这样，雨也还没下来
雷公所驾马车骤至，又远遁
踢腾得烟云遮黑半个天空
瞒过我村庄，飘然不知去向
铜钱大的雨点砸进灼土
冒一团白烟，再一个
半空就化了
也罢，也罢
要饭天给吃。天你就下一点、下一点吧！
下雹子、下刀子、下铁什么都行，我都

仰起脸等着。啊
那雨！

2015 年 4 月 15 日

悲　伤

三伯死了，正值壮年
伯母扎了"金山银山"
摆在堂屋
以备上"五七"坟时，给伯父送上
三伯长孙那年四岁，和同样岁数的
小叔两个
看着新鲜。不约而同，下跪
磕头。磕到第三个的时候
装哭，哼哼两声
伯母摸笤帚疙瘩打，他们就笑着跑远
显然，重复的是我等兄弟
趴在灵棚，陪前来祭奠的亲戚
所做出的仪式
而比他小两岁的弟弟，则在
伯父出殡、灵棚拆了的第二天
哭——把棚子再扎起来
热闹

2015 年 4 月 2 日

领　地

撂荒地。烟冢铺，马虎窝北崖，青崖头大队
第一生产队，原苹果园
草，枣棘，夏日雨后散发出
野蛮生长的气息。如果说
村主任要把全村人都葬这儿，包括
目前还活蹦乱跳的我，包括
他自己。包括
一辈子不曾回乡，已进八宝山，却
又被人扔出去了的
乡党。这样说，残忍？
温馨！二哥喊大哥：这块就是你的了？
大哥笑笑
咱俩挨着

让死人也拆迁不定的日子终于结束？
爷爷、老爷爷、大爷、二爷、三爷各归其位
再以上列祖列宗就
免了吧。就像多少年之后，我今天占了的
也还平了，给后人腾出来

现在，我就盯着属于自己的

一块——白石灰撒的圈圈

几何上，圆

哲学上，满

数学上，零

不用多少年，我就会把凭空的零

拱成立体的一堆

对此铁板钉钉的事实，我忽惊骇

却似还有

怀疑

2022 年 4 月 23 日改定

妇人之仁

短促，沙哑，涩，不会
拐弯。鸡窝里，一只跟公鸡学事的
母鸡，打鸣
先不和耀武扬威，一唱雄鸡天下白的
大红公鸡比，连
没长够身量的小公鸡牙牙学语
也不如。居然还要反复
表现自己

公鸡报晓，母鸡下蛋
日月有序，天行有道。即便
打鸣只是偶尔为之，也
没误了下蛋
经摸底排查又反复验证确定无疑后
母亲杀心已定
即便摆她面前、戳她心尖子的立马就是
一碗豆粒、乒乓球大小的
鸡蛋茬子

而此时，"鸡腚眼子是银行"的
大时代里，那只备受母亲恩宠的
芦花鸡，浑然不知。下完
最后一个蛋，"咕哒咕哒"前来邀功
母亲握刀的手掩背后
抓了一把糠皮

撒过去……

2022 年 3 月 24 日

儿童之恶

两只鹊在我头顶盘旋，俯冲
俨然战斗机。这就更成为怂恿
树梢的巢在劫难逃
没卵没雏儿，那也是半篓子柴火

实际上，如此高处，并不常戳
戳的多是檐下雀眼
无良童稚作多少孽啊！可当我带我娃崽
拾麦穗，伢崽举一个鸟窝
向我炫耀时，我勃然大怒
命令他怎么端来的
再怎么放回去

再天下地，我特地拐一个弯过去，只见
渠堰灌木下，失了鸟巢的沙窝
又添了两只带花纹的卵
我捡一把又一把草絮
絮上，像给我雏儿铺暖软的被窝
忏悔此前累累罪行？

一只蚂蚁，以脚踩死
路遇蚯蚓，一割两段

2022 年 3 月 14 日

笨猪之灵

疯狂的母猪犟了两天栏门后
终于被放出来。一根绳拴它一只后腿
绳头交给我，让我领它到邻村
实现它，也实现家父偷偷生长的
下窝猪崽——"资本主义尾巴"的
愿望

你们就放心？一个从没出门的
伢崽，去年姥娘家回来，还把自己
走丢了。虽然，我也巴不得去看个新鲜
虽然，什么也看不明白

我这边还迟迟未动，手里的
牵猪绳却扽紧了。拱开家门直奔前程
不是我领着它，而是它领着我
不问路，不拐弯抹角
直到回返，手里的拴猪绳才
奓拉下来

相比之下，那只要抱窝孵小鸡的

鸡婆，就不幸运了。娘

先把它摁在池塘里泡了又泡（落汤鸡是也？）

第二天又把它翅膀扎起

第三天，又在它尾巴上绑了

一束谷秸

2022 年 3 月 15 日

县志摘记（组诗四首）

留辫子或剪辫子的革命史

一个村里的乡亲，昌邑，头顶辫子的
把剪了辫子的，二十七个
全部杀死，时 1912 年 7 月
清帝退位已有半年。从满人入关
"蓄辫子""留发不留头"，到
临时大总统发"剪辫令"
已过去二百六十年

小时候最向往的是留一个"洋头"
妈妈没一毛钱去店铺，都是
先把我按热水盆里，突
然后噜。剃刀钝，又不能用镰刀，常常是
不等发理完，我已挣脱几次
"光明蛋"不光，狗啃的一样

百姓头发，草一样不值钱。没有
系千钧之重量。无论是辫子还是光头还是"洋头"

什么形式，于每一理发的人也
毫发无损。追溯农耕史，一条耷拉出
大清史册之外的辫子，仍让我
汗毛直竖

2024 年 9 月 23 日

奶奶那条裹脚布

曾被导师拿来比喻八股文章
起于元？明？隋？唐？
史志曰："非天下女子之所乐为也。"
"自四五岁始"，"双脚以布帛裹，
使其又小又尖"

有闲阶级创以"纤弓为妙"之
古代女子审美，实际小算盘：
脚小且残，女人就不会轻易逃走
碍下地干活，却
不碍纺织
即便碍纺织碍下田娇妞又反抗
以小脚求媚于人的母亲，也还是要
上等人家至爱
"三寸金莲"

"放足"，始于 1902 年传教士教唆
1932 年，蜀地放足检察员下乡检察"激全村公愤"
"欲缚而杀之"
1929 年 3 月 12 日，滕州城隍庙住持
率红枪会众包围县衙，请愿：
"放任缠足！"
善政甫一抬脚，即踢上
一块铁板

奶奶小脚，伯母小脚
母亲"解放脚"
裹脚旧俗绝迹
始 1949 年新政

2024 年 9 月 22 日

猫有九条命
——1941 年临朐无人区纪事

扔"舍亩田"，就是乱葬岗，它
回了。扔五里外壕沟，也
回了。扔十里外河对岸，装面袋子里
抡八圈，让它晕，不辨东西南北，也还是
回了

耗子也逃荒去了，碰巧捉一只，也成为
我口粮。自然，再也没它
口粮。或许它，本来也是我
口粮？一根绳子，娘把另一头递过来，勒
最后手一软，它落地上，又
跳起来
跑了

七八天没见，终于又回
不敢进屋，蹲猫道外，半天叫一声
"咩呜"——"咩呜"——细若游丝，像
刚扔进"舍亩田"，剥了皮的猫咪一样的
弃婴

1976 年记于阶级教育展览馆，1979 年 12 月草，

2019 年 2 月 15 日重写

"七贤事件"

七十二人伤，六十三人死，
起因是一堆灰药。史上以
花炮生产闻名的七贤弥南村
制造？头几年冶源水库打坝节余的
生产力？烤烟场垛一堆
恰成为可倚、可靠

由高及低的
座席

1963 年 4 月 24 日，七贤人大代表
齐集，一如往常
听报告，擤鼻涕，吐痰，掏烟荷包
以火镰、火石取火吸烟，烟蒂
腚底下
摁死

灰药，土造
不是原子反应堆、TNT
散装牛皮纸袋子，没
打压，没封口，没鏒进
炸药包、炮眼。从而，得以，使
本来盛开在年节夜空的
礼花，只轰一声，就
完了

2019 年 2 月 24 日

放羊的

把书当粮食，西北风当水喝
放羊的
大多无妻、无子嗣。却不一定无故事

从那有着咩咩羊叫的西沟出来
俏二嫂总会捡得别人捡不到的苞米或
红薯，而男人躺在炕上的二愣媳妇
挎篮里总有两条鱼或一只飞鸟
乡下世界从来都是没有秘密的
砍倒秫秫，就显出狼来了
稀疏的灌木，欲盖弥彰

而在这片羊群散落的山坡上
放羊的，则常倚太阳看头羊和妻妾的好事
一不高兴
一块石头过来
说打公羊左角
不会落上右角

有时兴头起来，就
喊一嗓子
"同志们好！同志们辛苦了！"
冬季夜长，说不定什么时候就
横起那笛，都是老歌
吹得人心慌
还嘟囔，我本羌人后裔

一身腥膻，却有洁癖
就像他的羊
沾了泥的草，从来不食
除去那道溪流
别的水，也都不喝

1982 年 7 月残稿—2015 年 1 月 17 日改

卖豆腐的

她梦见她成了皇后
官人向她请安。她不起床
九层锦被下一根头发硌得她膝盖疼
她发脾气，声大了一些，吓醒了自己
忽地想起昨晚泡好的豆子

一夜做的黄粱梦
早起还是卖豆腐

她梦见三个丫鬟伺候她梳妆
大丫鬟梳头，二丫鬟搽粉点胭脂
小丫鬟端尿盆。她一生气，就
夺过尿盆，扣
贱人头上

一夜做的黄粱梦
早起还得卖豆腐

她梦见三个小鲜肉向她献媚

她嫌奶腥气。小猪崽肉没有嚼头
她看中整天乐呵呵的流浪汉
好事没成双，街坊告到了街道办

一夜做的黄粱梦
早起还得卖豆腐

梆梆梆——梆子敲得震山响
梆梆梆——又嫩又香老豆腐了
土法老法的卤水点豆腐
五毛钱一斤。也能换
不赚你钱。赚的是豆腐渣，喂猪

2017 年 1 月 21 日

瞎汉王的手电

什么也看不见的瞎汉王
以手电做拐杖
在我们村，那时
具备两件电器的
只此一家

也确乎帮了他忙
南集到北店，东庄到西庄
爬沟上崖，他打卦算命
从没失手

小伢崽喜欢在瞎汉王身边转悠
只为捏亮一回手电
瞎汉王也不吝啬
打谷场的夜晚，他让我们
山墙上舞蹈，像
李白举杯邀明月
对影成三人

看电影回来的路上，隔一道山岭
我们就看见了王伯了
夜黑如墨，王伯也看见我们
一对盲眼
双目如炬

2021 年 4 月 2 日

祭父稿（组诗六首）

一张单饼

乡间饭桌本来就少有的
面食。忘不了它，是因我被它
所救，又被它所伤
树皮、地瓜蔓子也吃光的
岁月，你领我去了吃饭不要钱的
地方。一张单饼，是父亲
一辈子农村干部的全部
腐败记录

单饼填饱了
空了半年的肚子，也
撑坏了肠胃。看着不再
地上翻滚的我又去抓
地上吐的，诊所高大爷骂你
但我还是时常想起
那张单饼，想起你。没
让我饿死，却险些撑死

想起你以权谋私
此风不可长

武器

最让我眼馋的是你
浙江定海军分区司令部合影
插腰间的盒子炮
再后，民兵连
枪栓也拉不开的
汉阳造，再以后马刀
整梯田扒坟墓"老社员""新贡献"？
你又是上油，又是抛光，就是
不让我摸
一摸

不让摸。不让参军、上前线
小木匠剩的边角料
锯一支小木枪，也
不允。只在我水桶还担不离地时
就去铁木社，以一只洋铁桶，做
俩半罐子、扁担、镢头、背篓……
生生把一个活蹦乱跳的
犊子，塞进犁套

说，玩龙玩虎不如玩土，玩
这个，才牢实。说神枪鬼刀
木头枪有时也
走火。自己打着
自己

雪，落在中国土地上

每逢大雪，父亲总带我去
扫雪。通河边水井的大崖上，一起的还有
一队赵法庆，赵永忠
"叫五爷爷，大叔。"我就叫
"五爷爷""大叔"。只是不明白
昨天给他们训话还凶神恶煞的
老爹，今天，怎么就
同流合污了？

想我多少年后完美继承
张氏家族黎明即起的
传统，还背叛本阶级，和
亲叔哥一样，娶"黑五类"之女
为妻。一切，都源自童年，那
一场又一场雪。雪
雪落在中国土地上
落在禾垛、屋顶，落在

乡村治保主任、红色少年和他
改造对象头上
一个颜色

未遂老地主的幸福生活

大伯娶伯母时，一家十几口人
眼，都朝着墙角使劲。墙角，瓮
几人合抱也抱不过来的
皮瓮。苂了折子，顶到屋笆，仁
全是麦子

就是生生没吃一颗麦子！多少年之后
伯母依然没怨言：反正没饿着
三日回门，娘家吃

当时大伯年轻气盛。爷爷没了，就是他
当家。弟兄四个，饭量大。枕头样的
馍馍，扁担摆到头也不够
也不是不吃，主家去吃
短工馍馍，主家窝窝，葱卷煎饼，三顿
也吃不完一棵，每每把葱
往下拽拽。冬闲一到
咸菜瓮就封了

那时，大伯唯一目标就是买地
幸好革命早来了几年，若再晚两年
麻烦就大了

"逃兵"

像地里土蚕，像沙窝里"咬咬拱"
土里拱，倒退着拱。从
浙江定海军分区司令部，倒退至
农业社；从人民公社，倒退至
单干户。"小卒子一去不还乡"，小卒子
过的是河你过的是江，直到
土埋半截，埋脖颈，才从我的
"反面教员"变身
"正面"

南下路上人家逃你不逃是新中国目标
军分区司令部拽你不住是鬼迷心窍

终于不再逃了，坚守。不错
躺平也是进攻的一个姿势
腿脚摔坏了，守不需要跑
十年，对抗死亡与衰老，把
一间茅屋，三尺炕头，守成一个
桥头堡。不许再逃了哈！谁承想你

还是逃了。让我
再没有挡身，抵
死窝子

男人气

平生最看不上你的是，没男人气
八月十五刚过，你就送来过年的糕
黍面，石碾上碾的
我搬新家，从筒子楼
到花园洋房，你割山草，给我打了
一大一小
铺床的草褥子——"蒿荐"
共和国城市化进程中，再也不见了的
事物

十五岁的我，以粗针大线
缝母亲在世时给我做的
旧蚊帐布短裤，你接过去，灯下
一针一线
妹青春期来临，就无以援手了
只能搬救兵，伯母……

2019 年 1 月 30 日—2019 年 3 月 3 日

牛有几个胃

闲下来的牛，无论趴着还是
站着，没草料吃了，嘴，还一住不住地
嚼

把吃进胃里的草，倒出来
再嚼一遍？

牲口反刍的生理现象，农人
称为"嚼磨"

牛有四个胃。没草的冬天
一场院草垛，麦穰、豆秸、苞谷秸
连同寒暑、冷暖，皮缏也拽
不动、背也驮不了的，都
照单全收

攒了大半辈子的书，
从这个墙脚，到那个墙脚
从地板堆到天花板，看着我

一抱一抱啃，然后，在桌子前发呆
一坐一天，什么也不做，嘴还不自觉
自说自话。谁问，你也
"嚼磨"？

八十岁的奶奶墙根晒太阳时
就这样"嚼磨"，父亲老了的时候
也是
土地一样深广的苦难与福祉啊
上辈子消化不了的，下辈子
接着

2022 年 4 月 7 日

老墩头郝湘臻

刚出条，就遭腰斩
残余的半截，白骨森森
年年盛冒，又年年砍斫
每逢夏日，也总还给那乐于杀戮的泼皮
一片凉荫

与世无争
听天由命
光天化日下的隐忍
黑暗中的穿越
甚至偌大石块也囫囵吞进
年深日久，作孽成这深藏不露的城府
——山前坡后，一片又一片灌木的
根
根块

滞重如后母戊鼎
狞厉似镇河兽
恐怖胜盘蜷的大蟒

大厦倾颓、栋梁朽木的时代仍不合时宜？

也还是填农家炉膛？

一斧下去，手虎口发麻

再一镐头，哧哧火星……

2014 年 12 月 29 日

第五辑

桃叶膏

好　地

与远处秃岭、与碱草丛生的下洼
一起，被钢筋水泥的野蛮镇压
不似下洼，以被填，表达自己的不平
不像秃岭，以被削，坚持自己的
禀性
相比而言，这十里沃野是平和的
它的需要，在于种
它的突出，在于五谷，四季
插根扁担也发芽！因了它
乡绅与乡绅流血械斗
即便集体种"卫生田"的日子
抓一把土，也还是能攥出油来

状元胡同里的后生已各奔东西
田垄里稻菽瓜豆，却还守着老窝
不挪。胳膊拧不过大腿
面对隆隆驰近的推土机、铲车
乡亲终于想开
老辈可以在一棵树上吊死，我凭什么？

楼上楼下，电灯电话
多年的呓语梦想成真
抓在手里拴牛的绳、犁头，却找不到地
放下。明知道，宁愿被平了也拒绝迁移的先人
还守着祖传的风水
哭也找不到个"坟鼓垛"！

2015 年 10 月 26 日

金蛤蟆

"门前有座山。"爷爷的故事
总是从这里开始——山底下有只金蛤蟆
被挖走了。从此,山就再也不长
那时的我已发身量,这山望着那山高
只觉得南蛮子火眼金睛
离地能看三尺,我
为什么不能

三千年后,轮到我与南蛮子对峙
他又来烟冢铺岭上游逛,说建个什么城
楼房是现成的,请——
零花钱是每月都有的,班不用上
如想一人挣两份
就给看个大门、打扫卫生什么的
这就更加让我不懂
一片被挖走金蛤蟆的荒山秃岭
兔子都不拉屎
地底下还藏有更大的金牛?
一场旷日持久的谈判至今没有结果

最后倒是村里后生急了
不是把他还没见影的城砸了
开除我
球籍

2015 年 11 月 4 日

"鬼打墙"

"鬼打墙"的惊悚大多发生在远离村庄
野坟遍布的地方。"挡"
夜深人静，穿过让人起鸡皮疙瘩的旷野
觉着走得顺溜，到家了，倒头大睡
第二天却发现，躺在了野坟跟下
一圈一圈，把没有路的路，都
踩白了

我生性胆小，从不一人走夜路
更不会万籁俱寂时候穿过坟地
所以，至今没遇上又名"鬼打墙"的
"挡"。只在车水马龙的北京站
把南门看成北门
县城也一样
即便找来指北针
对着正午十二点的太阳
对，明明是正东，也还是认定，太阳
从西边出来了

昏头昏脑，颠三倒四

想改正自己的谬误，却

怎么也不能

雁　阵

"雁了！牛了！迷糊头了"——
"雁了！牛了！迷糊头了"——
每当秋风凉了，树叶黄了，一群大雁往南飞
小把戏们就扯开嗓子
对着天空高喊

大雁是多么有定力、持守、一往无前的一群
可在这时，就
找不着"北"了。不再
"人"字或"一"字成队成行
天空中转圈，嘎嘎乱叫

而牛，却毫不理会
墒沟里拉犁
头也不抬

看着有序的雁群在高天
乱成一团
地上的一群一跳老高，吆喝得更凶了

而在孩子没有乱喊之前，它们

都飞得

好好的

2016 年 8 月 2 日

七夕，葡萄架下的谛听

那时，我们没有这么多银屏，盯
柴门前，只看蚂蚁爬树，看槐虫荡秋千
至多在夏日的天井，夜晚
望，唯一的星空
七月七，农历，葡萄架下，屏住呼吸
听，牛郎织女悄悄的情话

土里刨食的祖母没喝一天墨水
却把王母娘娘的银钗比画得神奇
曾几何时，尘封的传说掘出古典光芒
七夕被推为情人节
相亲大会挤成旧时骡马市
又像物资交流大会
有车、有房、有银行折子就有鹊桥
没有？如果没有……而只有……那就
等等

牛郎早已续单身博士为妻
织女也欢欢喜喜，新做商人妇

愤愤不平的男女怅然怀念昨夜星辰
斗转星移，却不知今夜星空一样灿烂

1982 年残篇　2015 年 11 月 18 日重写

一瓦罐新麦

"没的烧了烧炭
没的吃了吃面"
一小瓦罐麦子
盖实封严，六月总晒一遍
敞开看看，也仅犒劳一下眼球
谁承想，这一次倒出来的竟全是
虫子！纷纷攘攘，满簸箕里爬
一种乡下人称为"蚰子"的黑虫
有角有甲

多少年后我还记得那顿大餐
年复一年，望眼欲穿，终于吃上的"面"
掺了杨树叶蒸的虫眼罐子
胃口里蠢蠢欲动的馋虫？
再也不冒芽的种子？
种子？虫子？壳子？而我
为什么最终交给蝼蚁？
慈悲

2022 年 3 月 14 日

盆盆罐罐之拔火罐

以火攻火。离不开这个
罐子。不玲珑，小口
小片火纸点燃，麻利放罐子里
倒扣脊背，罐子就紧紧噙住
直到背上顺序排满，罐子起下后
所留发面"馍馍"那样
紫红疙瘩

没罐子时就掐，拧，以
食指、中指夹起，拽。有时手上
没劲了，就笤帚疙瘩砸
有时半夜忍受不了了
同枕或通腿睡的那口子不配合
就自己下手。类似腰痛背酸、嗓子疼各类邪火
就都没了

像树，把地下水
拔到树枝，像庄稼，把太阳火
结到籽穗，像

情事过后的慵懒和焕发
阴阳相济，既凝聚也发散
相反的则是把一块冰
敷上额头

2022 年 3 月 26 日

桃叶膏

叶多，花少。或还有
蒲公英、苦苦菜、益母草？
祖上一辈辈传下来的方子
秘什么了？就是桃树叶子
抓住季节就是药，等
秋风扫落叶收进灶屋
那就是草了

为什么是桃而不是李，老辈人
说不出所以然。而我知道，桃
避邪

煮沸后，火就不能
大了，直到大锅水熬剩一点点
一小瓷罐
黏，稠，苦，筷子都挑不动。譬如
小孩积住食，女人腹痛、头疼脑热什么的
挖一调羹化开喝了，就
没事了

吃五谷杂粮谁又没个病恙

庄稼人相信熬。苦熬

一年二十四节气，一天十二时辰

好日子都是熬出来的

明明知道熬不过命

一年一年，每当桃红柳绿

也还盯着那半亩桃园

熬

2022 年 3 月 25 日

锢露匠

锔盆子锔碗锔大缸
一副挑子走四乡
革命年代革命者以梦为马
锢露匠与旧世界打成一片

一断俩的，掉底的，漏风撒气的，半截裂纹的
锅碗瓢盆，都让他
爱不释手

锔大缸算不上技术活
最让我着迷的是我祖传细瓷碟
让他一拨弄
就舍不得再盛粗茶淡饭，就
只留着过年，上供给神仙了

锔子把住分裂
油泥抹平嫌隙
锢露匠不愁瓷器活
锢露匠有金刚钻

一直潇洒不起来的

锢露匠，知道自己

不能创一个新社会

也不图驴屎蛋子外面光

只小打小闹。以最感神秘的

小锤、小钻、小镉子

盯住念想

醉心于记忆和想象，与一次性

为敌

2024 年 5 月 26 日改定

编大囤

所有行动是不是都源于梦想？
没有如愿以偿，走了样
反而寻到新的历史方向
比如我把篓编成了筐，筐又编成了囤
吹牛一样，都筛晃到太平洋那边了

篓，盛酒、盛油；筐
粪土、石、苞米棒。就像
时兴搭台唱戏的文化
什么都往里装
篓以柳编，筐用荆条，大囤用棉槐条子
粗，笨，里面再用牛粪和泥抹一遍
至今我也仍然认为，同样的粮食
囤里挖的和国库返销粮比，就是
不一样

编筐编篓，全在收口
一只到老也没收口，也已不用收口的
囤，恰合我 50 后农人乌托邦？

囤底，九百六十五万平方公里方圆

囤帮，随四围青山，以一年一厘米的速度

还在长

好了疮疤忘了疼？当我怀揣腰掖，把

捡回的馒头晒满笆筐，心满意足

睡去，每每，我听见粮食从顶着屋笆

——白云之上的囤尖

唰唰流淌⋯⋯

1978 年 6 月 1 日胶南县招待所—2022 年 4 月 20 日泉城

淘泉眼

一潭清水，即便像井
不犯河水，不被一场洪流淹没
也逃不过岁月
死水刮净，淤泥清出
井口样大小的篱笆以柳枝编
下进去，是挡流沙的
我能把它淘出来吗？

沏茶煮饭，更多是用来浇园
别家农人也用，包括牛驴
人畜共饮，没觉它不干净
至今仍让我陶醉的还是
泉水旁的窝棚。细雨斜风，风声雨声
银瓜一掰两半的甜脆声
刺猬夜半的咳嗽声
月光跌落小铜盆的叮咚声
声声入耳（没读书声）
我能把它淘出来吗？

一眼据说直通东海的泉眼
开始即结束。我只是淘
不为泉水照映天空，不为泉底
细沙翻涌

2024 年 6 月

河　山

书包，屋里一扔，挎个篮子
打柴或剜野菜，就撒丫子跑了
东岭、北崖，还是西河滩？
北崖皮狐窝，东岭飞来峰
其实就是块石头，那也是我童年最高
海拔了。曾经
多么羡慕对岸人家，一望无垠
老了才知道，走十里也没一步上坡下坡的
平原，是多么不符合少年
天生就不喜欢平，喜欢
陡，喜欢跌落的
本性。况山涧有泉
泉下有河，河尾有海。而这一切
都是老辈传给我的
公元 2012，我又率族人在宗族墓地，栽了一片
青松

儿时，常泡在河里的是一群光腚
以河为界，如果身后有足够小喽啰

恰对岸也旗鼓相当，我们就"开火"
以土坷垃、小石子宣战，嘴上功夫
也不过"楚河汉界"

2022 年 4 月 16 日

天　井

院落为什么称为天井？
老家，不是洪洞老槐树下地窨院
不是向下挖，是向上
如果三面厢房都起不来，那就
篱笆。篱笆透风，藤青花红
平地而起，那就是"井"了？
天井，我们一辈辈血脉相传的风水，就
天露一样，凝，自
十八尺地下

农耕人家，不能没有井
打井，不是三两个人就能干的活
打出来，也不是这一辈子用以后就不用了
土里刨食的农人靠天吃饭
出门第一件事就是看天
坐井观天。一家门口一个天
向晚的天井，当我铺草垫仰躺下
天上的神，是不是也像我趴井口
寻找自己的影子？而此刻

夏日的天井

四面来风，满穹繁星

2022 年 3 月 1 日

老太阳

晒太阳的人一溜两行
男人，女人，看孩子的婆婆
偶有小旋风刮过，也扰动不了
既往的安详。那
扛了一年又一年也没倒的老墙，那
晒了一辈又一辈也没见乏的
太阳啊！

让小孩子蹭，让
老年人倚
任你疯，任你狂
到时都来晒太阳

或者反过来，是太阳、墙，"晒"
晒太阳的人

自从村里人少了，再
也没有人来聚堆
墙无处可倚，墙

不坚持了。颓然，从一堵墙退到
墙头，退到堆土。没了挡身的
老太阳依旧照耀，甚至晃得人
刺眼——十里外，摩天楼那
玻璃幕墙

2022 年 3 月 25 日

里墙火

比如柴火园小孩子玩火
火上了垛，上了墙，这样的火
好救。农人最怕的是从屋子里面
烧起来的。一墙之隔伯父家失的就是
这种火，全村人眼睁睁看着火
从鳌子窝烧透屋笆，又从屋笆里冒出
这样的火，农人称
里墙火

我曾在野外放一把又一把坡火
油灯也不小心燃着了蚊帐
好在全家人都在，水缸里有水
没着起来

那时，每个村子都有一两口泥塘
好留住雨水
谁家水缸，也始终保持在
大半缸以上。不是怕猪羊、人
没水吃了。为了

防火

旧时更夫每晚都吆喝的是
"小心火烛"
大人千嘱咐万叮咛的是
"水火无情"
老实巴交的农人看似无心，实则
未雨绸缪

2022 年 3 月 26 日

春天，收拾完土地的老汉为什么哭了

他找不到属于他的那块地了
挂在山坡，藏在石头间的一十九块
凭空就少了一块
土地没有腿，能跑哪去呢？
苇笠头掀掀，这一块也数上了
还是不够数

山岭薄地，别的都不长
只有谷，就是祖上所谓粟了
为什么山沟名积米峪，那
一代一代的幸福生活，就是这么
一块块抠出来、一捧一捧
积起来的
凭空丢一块，回家
老伴那得怎样一个骂呀

凭空丢一块地
天黑下也还得回家。老汉
从坐着哭了半天的地头起身

忽破涕为笑，这腔底下的一块刚才清点时

怎么就

落下了

2022 年 5 月 14 日

"叫套"

套是犁耙或车马的套
一套三牲、两牲
下地前先试试，看
绳索紧了还是松了
犁头、耩子、家把什还缺哪样
牲口在不在状态？农事开工前
重大的仪式

各就各位。以至延伸到
奠基打夯、抬轿接新娘
八抬大杠挪锅驼机引水，或
麦收开镰前的"淹镰"，现代词谓
"热身"

实际上还早着呢
年复一年，都老一套
太阳底下无新事
也还是事啊事的

倒是旁边驴驹沉不住气了
跑前跑后，恨不得现在就——
上套。一霎也
不等了

2022 年 6 月 12 日

木杆秤

北斗七星，南斗三星
星嵌秤杆，板上钉钉
斤是斤，两是两，称的就是一个公道
无论泰山重，还是鸿毛轻

不因黄金身价高就高看一眼
也不因粪土不值钱就头也不抬
以至到它二代天平三代电子秤
也不可能没有自己的
定盘星
即便指望它要一个公道的人一再声明
约约，大差不差就行，它也还是
有一是一
有二是二

玩黑心秤的人当然有
小拇指一戳，那边秤杆就一翘
被秤杆子戳或被秤砣砸在所难免
把良心贱卖了的也不少见

说是睁一眼闭一眼，其实，
人心不就是一杆秤？
包括每天来集市上晃悠的工商、城管

把秤杆子给他折了就是不留面子了
更多时候，老百姓信奉的是天
天地之间有杆秤
那秤砣就是咱老百姓
嘟哝出这话时又觉还是胆虚
自己就真有那个分量？

2022 年 6 月 12 日

土名的野菜我们不叫它学名

哈壶酒花，名地黄，
香布袋、面布袋，名紫花地丁
婆婆丁名蒲公英也叫黄花地丁
荠青菜：苋菜
马扎菜：马齿苋
姜姜菜：蓟菜
宅蒜：薤
只知土名而不知学名的还有碌碡嘴
蛤蟆腿，还有
土名洋名统一的如荠菜、灰菜

过去亲它是因为它续命
现在稀罕，是因为闲情
每一种野菜都会开一种花
不按谁的旨意同时开
也不统一口径开成一个颜色
看不见它时它淡定
看见时，它就笑逐颜开
一点也不扭捏

你见过野地里有名和无名的野花吗？
"就是所罗门极荣耀时
也比不上这"

2022 年 3 月 29 日

我的祖国大花园

篱笆上扁豆花，凉棚上葫芦花
院子里桃李、杏子、梧桐
门前国槐，屋后洋槐，家里家外
除了花，哪还有别的？

地埂爬的南瓜是花
河滩种的北瓜也是花
杨花土名白杨芒子，吃起来比叶子好多了
桐花不落湿地，不等树枝冒芽它先开放
落地，也还编成一个
花环

榆树不开花，榆钱不就是花？
玉米缨子花显，麦子花碎
不结果的花我们叫谎花
中看不中吃
即便还没见花的艾蒿，比花还香
同样浓的还有荆花，搓碎拌种下到地里
虫虫子了都怕

为什么他们称我农人，头顶高粱花
我的富贵一点儿也不比皇上差呀
姑且不说那满坡满世界的野花了
腊月蜡梅、正月迎春、三月连翘、五月苦夏、九月菊花
……金银花、紫云英
不仅仅是花还是药，还是口粮

没有色彩的童年，我曾折坟头蜡梅
养进玻璃瓶，而南瓜花里捏住的
那只蜜蜂，是否还嗡嗡
唱着小曲？

2022 年 5 月 14 日

第六辑　一颗苦瓜

乡 愁

我的心在那片云山雾罩的迷茫
不是亚马孙热带雨林
大马哈鱼溯流而上
椰子树摇曳黄昏，有大象雄武而过。那里
每一沉积岩
都是我线装族谱
应声而倒的大树
木屑湿润，清香袭透年轮

我的心在胡同口墙角蛛网
阿波罗之梦？以背上牛筐，对接
宇宙飞船
那片始终萦绕在我头上的云彩，来生也
摆脱不了的梦魇？
即便冰雹，劈头盖脸
如一棵命里缺水的庄稼，褴褛
我也还五体投地，感激
上苍的恩宠

在我遗失已久的麦秸草帽下

豆苗青翠肥硕

雕栏玉砌应犹在？蒿草没膝，鸟屎

落满旧时檐下

这是我唯一的净土呵

触手可及

却还在九霄云外……

1990 年残篇，2022 年 2 月 21 日稿

取　暖

有饭做的时候，锅灶前
取暖。有柴火就钻麦穰垛，有教室
就"跺脚三分钟"。老师一声令下，差点
把屋震塌

有娘的时候，手
伸她腋下。现在
什么也没有，天
还不亮，鸡叫才两遍，只能背起老爹
置下的粪筐，满街过道地转。以冷
取暖

再也没有的热炕头，铁一样硬的
被筒里，只能，抱一个团。像
还在娘肚子里，像
冰天雪地，手伸进袖筒，自个
抱住自个
不让灶膛里柴火冒火，只冒烟
是把火留给

更冷的

日子

2017 年 12 月 22 日

挖着参了

循墙上美人画风吹窸窣
循传说故事中那根红线
九九八十一道山岭
八十一条河流
破关山险阻，我终于寻到
前世姻缘——每当我下地，就画上飘下来
给我烧饭，给我
浣衣的
女人？
——遵娘的吩咐，当她一闪即逝的当口
我把一根穿了红线的缝衣针，别上她
衣袂

美貌如花，金镏子养家
不是蒲老先生的志怪小说，而是
深山老林，崖下，顶着冰雪，酣睡
发丝上结着霜花的
参孩子

抱着？背着？怀里揣着？嘴里
含着？急得什么似的，我张开双臂，却
冻在
半空

2022 年 3 月 19 日

掏的梦魇

手还没伸进去，就触电一样，抽了回来
一个激灵——多日前打水所见
井壁里蛇蜕，顺我胳臂
缠上脖颈

墙上雀眼、地上知了龟眼、泉边螃蟹眼
大脚趾抠进沙洲，一只珠贝就
挑出来了。知了龟眼洞开如
人眼眯一道缝，只需小指一剜
至于此一螃蟹眼子，路过
每每掏一把
从没失手

兔子被狗撵着一样，我
一气跑二里远，又拽一群"小社员"回返
侧卧，眼睛随螃蟹眼子蜿蜒，果然
一盘偌大花蛇，纹，红白相间，像
"咔啦"一声就劈开夜空的
闪电

多少个黑夜我无端惊醒

梦游归来，拽被窝使劲拍打

哪有别的东西？蜷曲而眠的是

井绳头一样，女人的

腰带

2022 年 3 月 29 日

小秋收

不是小半截，不是三个两个
大雪封地前，复收了几遍
已不抱希望的红薯地里，居然
一窝

肯定是有小社员跟大人后面
收地瓜时，如我，挖社会主义
墙角，偷偷埋起来的。如鸟，再来找时却
忘了窝。可我还是觉得
淡不咂的。对没使上吃奶力气，而
轻易得手的，总是丧气

而在一镢一镢的翻刨中，最让我心跳的是
突然发现一薯根，红、粗
顺藤摸瓜——"飞地瓜"，穿畦垄越小路
飞别地里去。绝望的一无所获的一天
更深更不着边际处，镢头下去，突然
一声"咔嚓！"
鲜脆，汁水都喷出来了

这时，我反而不急了，趴下，抠

瞅着那正冒汁液的半截

先欣赏一阵子，然后再

掘出，对接。抚了又抚，摸了又摸

哦，这等了我一个世纪

也还在等我，也

一直长着的

大家伙！

2017 年 12 月 20 日—2022 年 3 月 30 日

荒了的园子

平生最大的奢侈，就是
让这园子
荒着，再也不种了

荆棘，蒿草，枯藤
林间鸟巢有弃，却同样不能
阻挡更虬劲的枝，伸向
更高的空。夏日石头烤化，淤土深处
孩子抠出陈年冰凌

大白天敢跟你瞪眼的黄鼬就不说了
狐狸、刺猬，大大小小野物，早把园子
当成它的。插足者还未涉足先尝到
菜花蛇的颜色。弄潮儿沦为旱鳖
非经意的离题和插叙，让
时间分叉、拐弯。在
五谷丰登、繁荣昌盛的时代
坚持最后的
荒芜

2016 年 1 月 22 日

爬坡，小推车记忆

陡，竖起来一样，小推车
不拱不走

当小推车从父辈传给我时
独轮，已由木轮脱胎为
胶轮
运粪、交公粮
送媳妇回娘家、接新娘
像牛拉犁、驴拉地排——那是最高生产力
极尽风头之能事

上山容易下山难
所谓低头拉车，指的是上坡
再难，多几个人就是了，至于
下坡，就不那么简单了
下坡，需要"粘脚"——刹车
如果此一机制缺失
驾车的再没有数，即便
方向正确，也没有救

眼睁睁看着时代的车轮

连滚带翻，直到沟底

名为"拆车场"的沟底，至今
还有我倒抽的
一口凉气

2017 年 12 月 13 日—2022 年 4 月 3 日

旱地拔葱

如果有铲子、锹、挖掘机，当然
他不受这个逼。如果
有一场透雨，那
也不用他费这牛劲。事实上他
什么也没有，有
也不用。而葱，又结结实实地挤在
龟裂，比铁板还结实的
地里

如果葱比铁丝还柔韧，比麻绳还
筋道，也行。而事实上
没一样能行

他也不行。或
往葱根上洒点眼泪水？或
让小孩子掏出小鸡鸡
把地弄湿乎了
再下手？

就是拔

干拔

一个输掉大腿也不服输的人

身大力不亏，为

最低的海拔，自己跟自己

过不去

2022 年 4 月 3 日

红薯地里的一棵红高粱

穗，比大片高粱地的
硕；秆，也壮
鹤立鸡群，是因锄禾日当午的农人
放它一马？没顺手铲了
四面来风，八方阳光！如此高粱
农人称"落蜀黍"。类似的
还有偶尔一棵玉米，得天独厚，却不知
硕大棒子，没几粒籽，像
老太太掉了牙的
牙床

我曾和生产队社员一起出动
钻玉米田，把顶花已经开了的玉米
使劲摇晃，谓人工授粉
相比栽在后园那一独棵
南瓜，就无计可施了
远离部落。花落，瓜纽也落了
再怎么浇水也没用，即便
雌雄同体

2018 年 1 月 1 日

牵牲口犁地的农活叫"傍头"

一根并不存在的缰绳，给马
拴上。马，乖乖
走出马枥。屈膝，弯腰，学另一犋牛的样子
上套

白马非马。这一匹马与那一匹马，是
一匹马吗？
这一匹马与那一头牛之间，隔着的是
什么？

敕勒川，掀下骑手的狂暴
饮马黄河，大雪满弓刀的凛意
三根挣断的缰绳
一把打散的鞭梢，七天过后
一罐清水，一盆捣碎的豆饼、干草

我要套马杆。要起伏的草原。要
不驯烈马甩我坠地。实在不行
爷爷使牛鞭，也未尝不可

爷爷不理，只把

并不存在的缰绳递我，要我

"傍头"

2024 年 10 月 2 日

一颗苦瓜的痴心妄想

庄稼是正宗、歪瓜裂枣都反动的
年代，根不红，苗不正的一颗苦瓜
苦思冥想
怎样才不顶这个屎盆子？还本来面目
大地的勋章

出自一粒鸟屎或猪圈里的粪肥
屎瓜子，21世纪乡村蓝图的香瓜园，就是它
耿耿于20世纪70年代，生产队田垄的
妄想
如愿以偿，已是五十年后
隐忍、听命的苦瓜有好些次都想破罐子破摔了
给打草的孩子一个惊喜？
给锄禾的农人一个清凉？
终于，最后关头来临
在黍秫还没砍倒，它
还没有被揪出之前，"嘭"——
如地雷自爆。飞溅最高的瓜籽，至今才落进
几经荒芜，又终繁盛的

息壤。而我只惊异于当时
景象，横挂西天的彩虹
血红满地的
瓢

1991 年 11 月 22 日—2022 年 6 月 13 日

祭　扫

都来吃食堂吧——
清明随父亲祭扫
他总偷懒。不把供品一份份摆至
每一坟前，而
堆放一处
木头煎的鱼，茄子炸的肉
水装的酒
然后，再吆喝一遍——
都来吃食堂吧！

而今，在异国街头，夜晚
我躲开城管
掏出夹在腋下的黄表，点燃
爷爷、嬷嬷、老爷爷、老嬷嬷、大爷、大娘、娘
都收好了哈！钱粮。一人一份
等灰飞烟灭
再磕几个头
"遮活人眼目"

2015 年 11 月 23 日

哭错了的坟

像后来乡亲，搬进棚户区改造楼
逝去的故人，早在学大寨年代
就从宗族墓地，集中到这儿了
十年未见，公墓，都拥挤得不是
原来样子了

入乡随俗
当他带着他的后人
祭扫回程
越想越不对劲
又是烧香，又是磕头，像那么回事
可忽然就觉得不对
也许没有不对？但又不敢确定
一会儿看着不像，一会儿又
看着像
荒冢一片，野草堆堆
就像千人一面的新村规划
统一晒在一无凉荫的太阳底下

只能请地下先人原谅了

也自己原谅自己

一辈子，最大的本事

就是把可能，做至不可能，把严肃正经

做至荒唐

但也毕竟回来了

归乡的路是多么漫长

打听不到路

又认错了门

但也毕竟

回了一趟

2015 年 12 月 31 日

眺望中的土拨鼠

一只土拨鼠翘首眺望。

不是一只。三只!

早晨,麦苗润生生,挂着露水。秋后田野,小农民捡拾柴火——烧饭用的秸头、根茬、草蔓什么的。偶然出现的土拨鼠截住了我们去路。

我几欲飞过去,逮它个正着不可能,但起码吓它一惊,看它抱头鼠窜,给我等小家伙一个穷欢乐。但被"窝猪"——我少先大队长,一把拽住了。

一脸严肃,让我猜:土拨鼠眺望的是什么?

望风?

土蚕、土鳖、土老帽一群密谋起事?怕给它一窝端了,特派小学生放哨?

或如我夜半未归的母亲,此时,正站在路边树下黑影里,窥探集体生产大田里棒子、红薯?

望的是什么?大队长提示,就把土拨鼠想象成我们接班人,放眼看到的是什么?

山。我回答。

再远处呢?

还是山。"瓦碴"抢答。

再远处的远处？你想象着看。

除了山还有什么？

我们书本上学过的……甚至提供了标准答案：

站在家门口……

世界就像窗户纸一戳就透，可我和瓦碴就是看不见。

多少年之后，满世界游荡一圈又回来的我，站在故园老屋前睹物思人，作为未亡人，我问"窝猪"，那天早晨，土拨鼠望见的到底是什么？他早已不记得有这件事情了。

小皮狐子

那片月光？那片沙壤？或者还有，晚风的凉爽？三只小狐狸一只接一只从洞里溜了出来。

你挠我一把，我拱你一头，然后，一只爬到了另一只的背上——像我等小把戏，月光下的麦场或河滩沙洲上，追逐，压摞。

而被压在底下的，忽又一个抽身，把顶上的甩下，反过来压到底下。

忍受不了压迫，逃，后面的则追。而这时，长者出来了，蜷坐一旁，看小东西一味作腾，不加制止。

是心肠最柔软的一刻吧？此时此刻，什么狡猾，爪，牙，都已与它无缘。与其说在给贪玩的稚子望风，不如说是欣赏，沉浸。

而此时此刻，土崖之上庄稼地里，也有一老一小皮狐子忙活。刨地，为冬小麦下种做准备。那时，自留地还没充公，集体劳动空闲的时候，自种自收，以补集体生产力的不足。

自留地下就是村西北角的皮狐沟。

以上小皮狐子戏闹我并没有亲见。老爹看见了，却不喊我。怕我贪看热闹耽搁手里的营生？怕我忍不住跳下崖头扰了小精灵的欢乐？或者第二天拽一群淘气包去祸害这无辜的生灵？

偷偷欣赏够了的老狐狸，又没事人一样催我手里的镢头再下力一点。多少日子过后，我才听到母亲绘声绘色的描述——我不禁恼羞成怒——老狐狸！

老狐狸我见过的。我不喜欢老狐狸，我最爱的是小皮狐子，可它从来没有让我看见过！

而这时，自留地早已充公，我再去皮狐沟打柴寻找那一窝小生灵时，洞口已陈旧破败，已没有小皮狐子进出所磨蹭的新鲜的印痕。

像多少年之后我已多年不住的老屋。

母亲说，野物灵着呢！人口一密，它早迁走了。

旧俗：通腿

那时候，青年把媳妇娶进门，都说终于有暖脚的了。

是的，暖脚。一床被筒里，睡在这头的青年，脚就伸进那头怀里，反过来也一样，媳妇的脚自有男人给抱着。

"要睡好，先暖脚。"有了暖脚的，梦就做得脚踏实地。

此等旧俗，谓"通腿"。

即便新婚，新郎和新娘，枕头也绝不会摆放一头。至于夜里两口子关上门以后的勾当，或新郎架不住新娘大拇脚指头挠的痒而从被筒这头钻那头，没有人管。而如果大白天地让俩大花枕头成双成对摆一起，人们就笑，背后戳脊梁。

脚从来不洗。手都懒得洗脸也懒得洗，谁还顾上整天蜷在鞋里的脚？除去走路，也总闲着的那玩意儿。

鞋臭，脚就更清新不到哪里去。如果再是汗脚，再加上名为"球"的解放鞋什么的，万万脱不得啊哥哥，真是顶风也臭八百里。但臭不跑媳妇或汉子。

臭味相投，或者说香臭不分，就是一家人了。

农　妇

　　眼里容不得沙。也更容不下劈柴溅起的木屑或风刮来的什么了。每当劈柴的汉子有飞崩的尘屑飞进眼里的时候，他就求救似的朝里屋喊：给我吹吹，给我吹吹！

　　好像心急的伢崽喝热黏粥时，也叫母亲给他吹吹一样。

　　而在这时，女人就一边甩哒着手，一边往天井里跑。好像粘在手上的面屑或土渍，根本不用洗就甩哒干净了。把发夹从发髻上拔下来或干脆大拇指对二拇指轻轻一捻，男人眼皮就翻上来了，露出黑白分明的瞳仁。

　　哈一口气，吹一口，再吹一口，或吹不动时，就用发夹轻轻一拨，男人就舒服了。

　　熟悉已久的日课。

　　眼对着眼，脸碰着脸，相互摩挲摩挲眼皮，就结束了。没有亲昵。

　　或者来一句："我那眼里有个贼，你那眼里有个人。"为了"人、贼"之争，两人有时就动手动脚。

　　至多女人会把指头往男人额上一剜，骂一句，毛躁鬼，又不是急着去死等不得了，急什么你急！

等男人舒服了，就再把一口唾液吐到手指，轻抿进去，给凭空遭罪的眼睛以润湿的清洗。

如果是前些年，那滋进男人眼里的，肯定就是奶水了。

奶水好。消炎。女人说。

童 戏

"甜沫秸，劈白菜，摸摸哪里再回来。"

儿童游戏。一个坐揽一个，坐着的捂起另一个的眼睛，然后发指令，然后松开手，让他去摸指令所指物什，如此循环往复。

摸摸那棵椿树，再回来；

摸摸碾棚的雀眼，再回来；

……

让去摸的，都是摸得着的。如果下指令的让伙伴去摸天上的飞艇或老爷爷胡子，或刚从娘家回来的新媳妇襟上那朵花，小伙伴就恼了，就不跟他玩了。

自己玩。谁想到，一玩就玩到雄鸡高唱，天下大白。

还是当年同伴，还是当年院场，还是日头将落未落的黄昏，此情此景：

"石头"回来了。摸了一辈子教鞭，雨没淋着，风没刮着。

"瓦碴"回来了。刚摸上印把子，就去摸了摸阎王鼻子。回来了，换乘的是轮椅。

"窝猪"也回来了。两千块贿赂暖了暖手，就摸着了老虎屁股。号子里蹲两年，毕竟全须全尾。

"拴牛"回来了。皇城回的，骨灰盒。从什么山里扔出，村人不嫌弃，接他回来。

"坷垃"没回来。都说他大发了，贩毒还是军火？活不见人，死不见尸。

唯一不用回的是今晚做东的"化学"，摸了一辈子锄镰锨镢，从来就没离开小庄。红光满面，儿孙满堂。

2014 年 3 月 6 日—2016 年 1 月

"暖婆"的浪漫主义与现实主义

还没入冬，二伯就嘟哝"脚冷"，要个"暖婆"。说伯母虽有病，活着的时候，还有个暖脚的。

叔哥孝子，就给烧了块砖头放被窝那头。冬天过去，桃花开了杏花落，二伯却愈睡愈冷，叔哥又去卫生所讨了个打点滴的瓶子，灌开水的玻璃瓶比砖头暖。

再不行，就两样倒换着使。双管齐下。

听话听声，锣鼓听音。对于"暖婆"的浪漫主义与现实主义，爷俩都心领神会，只是谁也不说破。

二伯的"暖婆"梦就一直没有落地。

就这样，一直到死，二伯脚底下蹬着的，还是那块砖头。

2016 年 10 月 27 日

"看看像谁"

"看看像谁？"把孩子从乳头上摘下来，露出粉脸儿，送到妯娌面前，问："看看像谁？"

"还能像谁？不像你那口子还能像别人！"从老槐树下转到井台，从井台又转到碾台，群众一个个发动，结果，谁也没看出个子丑寅卯。

有些失望。就提示："眉眼？嘴角？还有鼻梁？"
"看看像谁？""像不像？"
再提示一次："不像蹲点的王公安？不像供销社大拿？"
"简直就是大样扒了个小样！你们这眼色啊！"嘴角一撇，明显的不屑。
被问的妯娌有些生气了。觉得这妹子也太那个了，太不给她们留脸面了。

2016 年 9 月 2 日

算卦的

算卦的在我们乡下，往往格外受人看重。因看不到路和随时撞到的墙，他才能看清别人的前世今生，看到你钥匙丢在了南坡还是北坡，长了外心的鸡婆蛋下到了谁家。

当这一群妯娌的疙瘩，被先生一一解开，送先生走时，调皮的三婶伸出二郎腿当作门槛。看先生怎样度过。

算卦的果然好准头，早就掐算好了一样，前脚抬，后脚迈，一步过去了。

只惊得三婶"哎呀"一声，赶紧捂自己双乳。大暑天，热得狗都把舌头伸出，敞怀坦乳的妯娌过道里纳凉，纳鞋底，做针线，搓麻线，蒲扇再怎么呼扇也汗流浃背，遮体的上衣不是没有，早扔到一边……

明明全胳膊全腿，却还是觉得自己的好东西，被谁的火眼金睛，剜去了一块。

2016 年 10 月 5 日

"俘虏"

——给一位名不见经传的老兵已逝的亲人

老爹让二弟从后窗给你喂饭，没让解开你反绑背后的双手，他君命有所不受，你从后窗跳出，再没回头。最后却在战斗间隙的根据地里，在军民联欢的秧歌舞中，成为宋王庄这一"识字班"的俘虏。

柔未能克刚。两头牛、热炕头也不能让你就范。炮弹堆里，你滚出来了，和平日子，却中了埋伏——抑或同谋？青春撞了腰，不能自拔。

注定一次被俘就难免再一次被俘，注定有一次搭救也还有再一次搭救。历史总是惊人相似，关键时刻也总有关键人物出场。敌情就是命令。这个害怕晕车，打死也不从军的军属来了。印花土布大襟遮不住炫目光芒。身板，发髻，明眸，且全副武装——一双、又一双见风就长的儿女。

装备虽然老式，却已不战而屈人之兵。乖乖，你只能再一次缴械，再一次被俘。直到五十五岁提前告退。即便没一儿女再当面叫一声爹（只背后叫），仍然无妨你成为幸福的"亡国奴"。

解放军不虐待俘虏，不打不骂不搜腰包，但不意味着不总结、不整风、不忆苦思甜。直到最后，你才和自己达成和解。

翻过这道山梁，就是老家锥崮峪了。爷爷就是在这座山的突围战中和首长一块死的，二弟带全家早闯了关东，老爹囚禁你的小屋只剩屋框子了。在父母长眠的山坡，你为自己选一块墓地，从此尽孝，还乡，浪子回头。

2015 年元月十二日晨

姐　姐

姐姐，九婶家的姐姐

姐姐，失去了九叔的九婶家的姐姐

姐姐，只有妹没有哥也没有弟的姐姐

姐姐，从一年级到四年级都当少先大队长的姐姐

姐姐，第一次把红领巾给我系到脖子上的姐姐

姐姐，上完四年级就再也不上学了的姐姐

姐姐，看着小推车歪到沟里我们俩都笑了的姐姐

姐姐，年夜让我给你放鞭炮先拆下一把塞到我手里的姐姐

姐姐，让我在四年级就梦见红楼喜欢上苦菜花迎春花的姐姐

姐姐，有自己的家春秋没有自己青春之歌的姐姐

姐姐，总去拿城关表哥铁蛋的书又给我看的姐姐

姐姐，又推小车又挑扁担又推碾推磨的姐姐

姐姐，把地里南瓜种得那么肥硕也把鞋样铰得那么好看的
姐姐

姐姐，从来没有跟我谈过宝玉黛玉卢嘉川林道静的姐姐

姐姐，只有一次悄悄问我南头赵家大哥说亲说得怎么样了的
姐姐

姐姐，一下子就两眼发直再也不下地干活了的姐姐

姐姐，一面脱一面往街上跑的姐姐

姐姐，一面打着点滴，一面学着"白毛女"喜儿轻轻喊"大春，大春"的姐姐

姐姐，我从叫货郎那里换了一根红头绳给你你一直没扎到头上的姐姐

姐姐，让九婶把床底下一摞书都一把火烧了的姐姐

姐姐，看着我去抢书又被九婶一把夺回你拍掌不停的姐姐

姐姐，看着书页终于化作灰蝶飞舞你也大跳大笑的姐姐

姐姐，让左邻右舍都为你烧香磕头为你请神为你驱鬼说你没病的姐姐

姐姐，苍天保佑的姐姐

姐姐，很快就又下地干活的姐姐

姐姐，很快就出嫁了的姐姐

姐姐，被夫婿悉心爱护又为我生了一男一女两个外甥的姐姐

姐姐，1985年冬天，当我提出两家合一、"一家两制"，一声未吱的姐姐

姐姐，供小妹成家把孩子送进大学又把九婶养到九十岁的姐姐……

姐姐，每听到有人唱"村里有个姑娘叫小芳"，我的心就像一下子被掐起来了一样的姐姐……

姐姐……

2014 年 4 月 16 日

一罐清水

　　还没进门，就开始了你命里的不幸。以后，又全分了，地、骡马、瓦屋、细软……你不怨。怨的是进门头一天，男人就死了。"冲喜"不成，你背了克夫的名声。一个识文解字的女生，进婆家门前，不识夫君。

　　从清朝到民国，再到共和，你说你赶上了最好的时候。太平盛世，谁也不会因忘了关门或墙头矮，而跳进盗贼。
　　也有偶尔跳进的，却带了半袋子红薯，甚至白面。

　　一条胡同里的孩子，都穿过你做的虎头鞋，妯娌们也总来槐树底下，扒你的鞋样，佛经背不下去的时候，也让你再起个头。甚至刚解放那年，什么会长，还要娶你为妻。

　　你说，人随时势草随风，男人要做大事，不能因女人误了前程。说这话时，你正陪当年的贫协跪台子，交代你怎样拉干部下水。批斗却怎么也进入不了高潮。突然有纸条从台下传上来，要你脱。
　　棉袄、夹袄，"再脱就不好看相了"，你请求。主持会的三叔也请求。

只剩一件汗衫了，再怎么脱？可革命群众不答应。

众目睽睽之下，你把最后的汗衫慢慢脱下……

第二天下地干活，村妇们骂青年流氓，青年似乎还在沉浸：那么白！汽灯底下，让我都晕了！一对奶子，挺着，向无产阶级示威！

和你同龄的妯娌都死了，伺候你的侄子也先你而去。只有和你一同跪台子的老贫协尚能过街，每天都给送来

一罐清水。

2015 年 11 月 21 日

附录一　那根扁担

张维明

简直就像小时候拔野菜、割驴草，背筐子一头钻入了那片青纱帐，乌压压，一时间迷失了方向，不辨了晨昏。青草味、禾穗香、土腥气，还掺杂着些腐熟的土肥味等弥漫搅混，扑面而来；人声、鸟声、虫声、庄稼的拔节声等混杂交织。而在这青纱帐内，也似乎不全是平和之气，感觉四周分明有无数的隐藏，稍不留神就会中了埋伏……不信吗？你看那山丘底下被南蛮子挖走的《金蛤蟆》，你看那天上飞过来的《雁阵》，你看那田埂上走过来的《大牲口》……猛回头，尽是让人揪心一痛或会心一笑的玄机！

这是我读老友、诗者张中海新作印象。

不由得又想起他20世纪80年代诗界风光一时的形象。想起他令人扼腕的二十年创作空白。

二十年空白之后的收获，使这空白陡然有了一个背景意义，这么长一段的空白，怎么比方呢？

扁担？一根扁担！当我冷不丁冒出这个意象的时候，先把自己吓了一跳。这个空白不是扁担又是什么？

二十年前，四十不惑的他终于明白了，"得干点别的什么去"。"别的什么"是个好东西？他义无反顾，好像肩负起了振兴无产者的使命。就像《国际歌》于全世界无产者之凝聚力，一张人民币，也让他在他的"乌托邦"中，找到自己的朋友和同志。只惹得原省作协副主席、《时代文学》主编李广鼐一顿痛斥："一年几百万上千万是吧？别说是给公家，就是全装进你个人腰包又算个啥！一年几百万的暴发户一个县里也一抓一把，而写诗的张中海，就一个。"但我当然也知道，此人一上了邪劲，照准他脊梁一扁担，也打不回来。

就像他的创作从寂寞无聊逐渐走向严肃，他的商品经营历程也随着市场的一步步深入，从一开始的对既成生活格局的逃避和自己腰包的不再羞涩而上升到了"颠覆""拯救"、推进历史车轮加速的高度。笑死人了不？这个一开始就注定了的非他所愿的结局他当时并看不清，非但看不清，反而还执迷，反而还有理论根据。他说，在当前历史条件下，也只有商品经济，才是"摧毁东方仇外心理万里长城的重炮"——斗胆包天，竟搬出导师《共产党宣言》的句子为自己壮胆。

"如果我们不拼命挣钱 / 多少年之后 / 那些有钱人 / 就会指着我们的脊梁 / 看，这就是穷光蛋！"这个张中海，竟然把我尊敬的前辈田间的墙头诗《如果我们不去打仗》"抄"来，贴到他公司的墙头上？或许还在一上班让全体员工先齐声朗诵一遍才算新一天的开始？不得而知。只知道他这么一个执迷，早晚会被药着。果然，他以后对我说，他有一个随时夹腋下的包，里面装的满是客户资料、方案、文案——那，可全是他的"钱"？每睡觉之前，都是放床头上，好随时拿过来琢磨。以后不知什么时候，看着就恶心了，远远扔一边，还不行，再下床用一破衣裳盖起来——如瘟疫躲避不及。他说这话我相信。二十年不得不为之而又"一刻也不放松，也没有放松"，愈到最后愈兢兢业业，他的梦想就是怎么为他所效力的单位创一个机制，变一桶一桶往里提而成自流水——自流灌溉！痴人说梦吧？而你二十年前就开始的走黄河的大梦什么时候再启动？张炜少年老友多少年之后还给张炜唠叨："写诗的事还不能算完！"你呢？

2015年我从老家来给孩子看孩子，打一个电话给他还觉对不住，别耽误他大事啊！结果他说终于停了。说写黄河的空隙，作为积极休息和换脑子，已经开始诗写。"老汉我今年六十三"——那是小时候戏台表演唱词里常用的老词，我说老词是指：要写就快点，你没看看西山顶上的太阳也只还有一竿子高了！

真的，想也想不到，几年他竟拿出了一本，如仅从数量看，似超过了他20世纪80年代写的总和。别人怎么认为我不管，《混迹与自白》的自嘲我喜欢，《本乡本土》的乡村记忆我喜欢；已经完成草稿，秦砖一样厚一样沉的《黄河传》，我还喜欢。

二十年前一捆，二十年后又一捆，一前一后，这中间的空白，不是扁担又是什么？

如果没有这个空白，至多也就是柴火垛一样的一堆——再大再高也是一堆——还是我这灵光一闪，把一个土头土脸满脖子里草梗、土屑的背驮人，给重新创造塑造成为一个挑担子的。不轻不沉的两头，挑着，颤悠悠，回归本真的诗者张中海，走在黄昏的田间小路上……

是的，不是扁担又是什么？想他过往的人生：一头是教书，一头是写作；一头是诗与远方，一头是责任田里的庄稼；一头是云里雾里，一头是攥住他双脚的泥淖……一头是使尽浑身解数也难装进别人脑袋的思想，一头是怎么也要装进自己腰包的别人兜里的银子。多么需要一根扁担啊！但那时的他没有，他只能背着、驮着、扛着。如他 20 世纪诗意中反复出现的，从山岭田间往家驮的柴火篓子、牛草、麦捆……

过去乡下农家，家家都是有一根扁担的。扁担虽有，用场却不常有。因为在那锅里少米灶下缺柴的年代，没有足够的收获让他一头一大捆地挑。一般情况，往背上一搭或者腋下一夹就行了。就是有时有东西需要挑着，但那崎岖陡峭狭窄的山间小路，怎么也挪腾不开啊！

"挑两个水桶比挑一个容易 / 我在两者之间成长。"爱尔兰诗人希尼挑两只水桶的是担杖，短了一些，也缺了个弹性。而中海则是远比希尼担杖更能忽悠人的扁担，还有油亮的闪光和颤悠的轻快。这回挑来的可是从老家乡野自己地里出产的地道的土特产？即便是牛草，那也是我久违的土腥清新啊！

原载 2017 年 6 月 30 日《大众日报》

（张维明，散文作家，原临朐县教育局局长）

附录二　这头犟驴

丁大雷

还是 2014 年春，突然接到张叔中海发给父亲的几首诗——作为父辈，他们对电脑都不熟悉，文字传输，有时靠我转接，我自然先睹为快。掐指算来，中海叔已是耳顺之年，二十几年没写诗了，原以为绝了诗兴，怎的又重操旧好了？

那时父亲身体尚可，当我把打印稿送至父亲案头，父亲只粗粗翻了几页，就兴奋起来。按照中海叔意思，还点名要我谈谈意见，分明是看我有无长进，我自然惶惶。中海叔叱咤诗坛时，常与父亲酌酒论诗。那时我尚年幼，便搬个马扎蹲在旁边赚点酒肴。听上几句，只觉高深。印象极深的是，中海叔挲挲一头长且胡乱的须发。不想一晃三十年过去，父亲远逝，中海叔依然那个做派。写下这个文字，一方面是给我叔交卷，另一方面，也是对父亲的缅怀吧。

这个诗集，有破车子，有老墩头，有马，有驴……有窘迫困顿、犹疑不定，有负重前行，有自嘲自虐……读父亲的诗，像是远远听到田野的一声牛哞，恭顺而良善。读中海叔，则像村里犟驴的裂肺嘶鸣，血脉偾张，摄人魂魄。所以，这里得特意说说《快乐的驴子》。

记得 20 世纪 80 年代初，中海叔就写过《驴道》和《小驴驹》，那"村场上蹦蹦跳跳""一会儿去拱拱老爷爷怀抱，一会儿又和小孩们斗嬉追逐"的小驴驹是多么痛快而又欢乐啊！特别是主人给它眉心间系的红缨穗一抖一抖，"更活画出它一片稚气的面目"。这就不由得让我不忆起自己无忧无虑的童年。大凡动物，都是小的可爱，小猫小狗小鸡甚至小狼小猪，中海叔的《小驴驹》自然也不例外。因为它还没真正步入生活，还没尝到生活的厉害。可爱，是因为天真。所以：

> 它看着它的妈妈
>
> 拉着大车，挨着鞭子
>
> 是那么有趣
>
> 它看着它的爸爸
>
> 碾着谷场，拽着碌碡
>
> 又有些羡慕

此时此刻，世界上的一切，对于还未涉世的小驴驹来说，都是新鲜的，所以，它最大的希望就是怎样才能早一天"上套"上路。直到有一天如愿以偿，它才渐渐知道了"锅是铁打的"。作为一头由小驴驹而成长为整天拉磨的磨道驴，在它面前，"没有终点，也没有起点"，一天到黑，一年到头，"世世代代，月月年年"，"它的杰作永远是一个圆"。一个周而复始的"零"。它的世界，就是循环往复的磨道。于此，它还保持刚上套时的新鲜感？还能葆有"破车子张中海"的远大理想？

如果中海叔只写到这里也没什么了不起，这一《驴道》中的驴，这个"挨惯了鞭子，发了怒至多尥一尥蹶子"的驴，"突然有一天松了绳套，竖着耳朵，站在那里傻看"，这是干吗呢？怎么不再像以往、像它前辈那样拼命干活了？

原来不知是哪个调皮孩子
偷偷给它摘下了
那个"捂眼"

"捂眼"，一般农村出身的人都知道，那是专门给驴子准备的。也别怪聪明的人类所心照不宣的"愚驴政策"，驴，就是那么个秉性，不给它把眼蒙起来，它就不会一圈一圈、老老实实地把交给它的活夜以继日地干下去。这里，驴性，人性，国民性，都在"捂眼"突然掀开的一刹那，泄露了天机。也难怪此诗只在当时诗刊采风团小圈子里传阅时就掀起轩然大波，"难道这就是新时期农民的形象？就是我们中国人的觉悟？"当时父亲竭力为中海叔鸣不平，也多亏那时社会意识形态已呈多元，在一个范围内备受诟病的《小驴驹》《驴道》，最后还是以《大地》组诗在《星星》诗刊 1982 年 6 月问世。只是不知道写这诗的中海叔，是"站在那里"傻看的驴子，还是那个把"驴捂眼"恶作剧掀开的调皮孩子。

挣扎、挣命了一辈子，拉磨拉车也好，驮物抑或被人骑在胯下也罢，少年的驴终于由毛驴、疲驴熬成卸磨的驴。中海叔也终于把自己历练成了我眼前这一头《快乐的驴子》。为什么快乐而不再尥蹶子？为什么从"㑇毛驴"变成了"顺毛驴"？因为它看出了门道，在"累死人也不偿命的粗活重活面前"，它发现它的分量，它这牲口，竟然比人分量还重。为什么？它、它们牛驴马一类《大牲口》，干的都是人干不了的活——这一点，作为也是农村出身的农家孩子，我也略知一二："农业社的账簿上，有它专门 / 户口，二月二炒豆，就是给它加小灶 / 留下的民俗"。

几万年前，当我们先祖从树上溜下来终于完成作为人类的第一次站立，几千年后，我们的启蒙者，为终于发现有别于其他动物的人之所以成为人而骄傲，而我中海叔，在中世纪的黑暗过去多少年，人类步入电子信息时代，却发现了做一头驴，比做一个人还自得！这让我们眼看就飞到外星球的 21 世纪的人，情何以堪？

而这一头《快乐的驴子》，也不再是柳宗元笔下的《黔之驴》那样只能被老虎吃了的庞然大物。

> 和鬼推磨，驴就附了鬼魂
> 给人拉犁，驴就有了灵性

为什么蠢笨的畜生能够得道？是因为它"耳朵总是竖着"，虽然备受人类重用也还小心翼翼，"夹着尾巴做驴"。

> 在一群骟了的公牛和骡子之中
> 它晓得哪是自己死穴
> （偷食偷懒偷安偷闲就是不能偷情呵！）

从少不更事，到通了人性——驴性，犟驴张中海以农民本性中的直来直去和足以安身立命的"粗活重活"，达到老奸巨猾的自我完善。"温热的沙土堆里多么熨帖／一个滚／又一个滚／四蹄朝天／活活把人羡煞"。我想,这就是中海叔此时此刻的心境吧?六十年一甲子,任谁都会经意不经意地反思一下自己的六十年怎么过来的,而中海叔这头本性愈加难改的犟驴告诉我们的是,即便你可以人五人六、人模狗样、整天还事啊事的,你也还得"时时把耳朵竖着",把尾巴夹着。他的诗,也从20世纪80年代《驴道》的锋芒毕露转化为今天只有岁月才能完成的平和圆通。个中滋味我就不在这妄作猜测,读者自己去揣摩吧。

"骑马要骑千里马""做驴就做这样的驴啊"!

一派胡言,等中海老叔骂我。

原载2017年3月28日《胜利日报》

(丁大雷,中石化经纬有限公司《石化经纬》总编辑,

著名诗人丁庆友次子)

附录三 复归泥土的宿命及其困厄
——2018 年首都师范大学张中海乡土诗审稿会综述

吴永强

日前，张中海乡土诗创作研讨会在首都师范大学诗歌研究中心举行。诗歌研究中心副主任吴思敬介绍，张中海是 20 世纪 80 年代成长起来的诗歌作者，著有《泥土的诗》《现代田园诗》《田园的忧郁》。原北京师范学院（首师大前身）教授、著名评论家张同吾在 1981 年 11 月《文艺报》对其作评论："独特的角度，独特的感受，独特的表现，因之有着独特的艺术光彩。"其作品以鲜明的泥土味、炊烟味、汗水味获广泛好评。其间中断写作，2014 年复归后著《混迹与自白》和《本乡本土》，其中，《本乡本土》还是一部未定稿的习作。本次研讨会，主题即张中海归来后系列诗作。

"半新不旧"，有学者更偏爱 80 年代旧作

《半新不旧》系张中海 2014 年后新作其中一首，作者通过收拾积攒已久的旧衣、旧物等细节，抒发了"原来一切如旧，才是最好不过的时光"这一人生感喟。中国戏曲学院朱林国以此诗为例，概括了张中海新乡土诗写的特征。中央财经大学马丽则对

比历史上其他诗人的乡土书写，表达了对作者80年代旧作的偏爱。说“其笔下的田野、泥塘、穰垛、药草、搭棋、蝈蝈笼等所散发的迷人的乡野之趣……直到三十年后再看，依然鲜气扑人”。对此，首师大诗歌研究中心副主任孙晓娅通过对充溢着“泥气息”“土滋味”的《腊月集》《窗子》等旧作的具体分析指出，“作为一个地道的土地之子，张中海上世纪旧作虽然以宣传性诗歌入手，但随即转入有着自己美学追求的艺术创作。新时期农民面对时代变化所表现的焦虑、惶恐等心理内容，构成他创作源泉和思想指归”。而同在首师大的张凯成则引1984年4月《当代作家评论》王彪所论“走向生活，走向心灵”强调，张中海旧作今看来仍然不旧，是因为他表达上的“深刻独到”，“揭示了（当时）农民复杂的心理状态，再现了一代农民在现代化冲击下心灵所受的一层层动荡”。同样，中国文化艺术研究院王巨川则引《文学评论家》1988年4期程光炜论：“他的诗所以引起人们心灵震荡和感应，与其说是齐鲁乡间旧闻故事的出土，莫如说是历史的巨大身影徘徊在今天农民心理世界的困惑和憧憬”。“为什么这种震荡时隔近四十年后仍让人感应得到，关键是作者创作深植生活，深植泥土”。“一是出身环境，二是他所书写的都是草根民间。这两重意义定位他从泥土里挖出的诗意具土地那样生命力”。

而北方工业大学冯雷则以“对劳动的歌唱”为切入点，分析张中海旧作成因。他以茅盾的《春蚕》所表现的“仪式感”对比作者的《苞谷田头》《一个种瓜的农民在歌唱》说，“对于传统农民来说，劳动是确认自己生命价值的方式……劳动又离不开土地。劳动，土地，这世间万物据以立足生长的基础，足以给诗者以不竭的创作源泉，关键是作者既立足于此，又超越于此"。冯雷以谢冕在《文学评论》说《泥塘》"表现了现代人的根本困境"和《六月雨》农民的"忙时也烦，闲时也烦"为例指出："张中海1982年以后旧作，已经不再随着意识形态指引而盲目跟从，而是保留了自主的探索、思考……返璞归真的涵容与通透"。这也许是张中海旧作至今仍不感陈旧的根源所在。

持新不如旧观点的主要有广西师范大学陈敢，山东文艺出版社王玉及诗人韦锦。认为新作对当下新农村生活理解不足，描写清晰度不够，表现上也显生硬。

给一部未定稿的习作把脉，释放评论者热情

为一部尚未出版也还没最后定稿的习作"提意见"，为一个中断二十年的老"初学写作者"把脉会诊，无疑事先就解除了与会专家的负担。正如会议主持人吴思敬所指：农民、民办教师、专职作家、商人，时代与生活把诗者分裂成了"另一个张中海"，又一个张中海，这就给专家解读张中海诗作提供了更多角度和思维路径。

与会者发现，张中海复归后的新作之所以存在诸多问题，除去作者年纪、学养局限外，还有他诗学观念的固执。比如，他更喜欢米沃什有意保留诗中散文因素、反对纯诗的观点，甚至对英国诗人拉金"如何使他的诗像小说那样耐读"也津津乐道，这或许是张中海被指"芜杂""散文化""过于随意"的部分根源所在？比如《姐姐》一首，明明是很好的散文题材，以诗表现就勉为其难了。

针对张中海新作的散文化倾向及前后四十年诗写对比，与会专家也明显看到了新作所出现的变化。对此，辽宁大学文学院丁航、张立群指出，作者 2014 年以后的作品，"已由 20 世纪 80 年代的乐观、欣喜代以忧郁，转而又决绝乃至反省"，"脱离社会主流意识的个性化书写，特别是复归后放开束缚，以特有的自嘲、诙谐及猛然的尖利，直抵人心。既反思历史，又立足当下"。曾子芙则引俄罗斯巴赫金论陀思妥耶夫斯基小说理论，称张中海《大水》《屋檐水》等作品，为"星空与大地间、多时空转换的复调书写"。

冯　雷： 不新潮，也不前卫，却始终和当代诗歌保持了沟通对话。当先锋、新潮成为时髦流行的时候，张中海原汁原味的乡土写诗，不仅成为个人偏爱风格，也为诗坛提供了另一幅精神图景。在新世纪诗歌研究中具有个案诗学价值。

王延庆： 从生活的原生态出发，由有限的叙事开始进入顺理成章的或本身就是悖论的升华，继而是哲学意味的形而上概括。有章可循，又无迹可依。

吴永强： 以诗"展示时代卑劣"，即自我反省，自我解剖，"自己做自己的屠夫"。

杨志学： 立足乡土但又超越乡土。如《传言》诗句，突破了"困于阡陌、作坊、庄稼地间旧有格局"。

陈　亮： 张中海的"后现代"，并不彻底指向意义的消解，而是不断怀念着、追寻着什么。

论及《混迹与自白》成因，山师大博士生导师李掖平指出：诗人之所以以狂浪和率真，将冷嘲热讽、插科打诨式的人生反思发挥到了极致，是因为诗人本来就"属于不安分的另类……本性深处烙印着浪迹天涯的漂泊基因，永远不会被驯顺的常态所定性"，因此使他"既可以像一个哲学家和禅师一样，用最为浅白却又暗含深意的诗句表达人生感悟，又可以像一个喜剧师一样，对世态人情进行嬉笑怒骂的嘲讽，对自己劣迹则更不放过"。

谈一个具体人的具体作品，不能不涉当下诗坛。对此，天津社科院王士强指出，与"说真话"背道而驰，大批"伪乡土诗"并不认同农村、乡土自然，却又希望回归农业文明，于是只能隔靴搔痒似的自我抚摸。相比而言，张中海的乡土写作既本色地道，又达到一个深度，以《大势所趋》和《大牲口》为例，虽有瑕疵，却已具时代的标本意义。

早在《本乡本土》初写之际，《诗刊》原理论编辑、作家出版社编审唐晓渡就对作者提出"不断变换套路"这一概念。他认为，乡土应该是一个更大的概念，肖红的《呼兰河传》是乡土，林海音的《城南旧事》也是乡土，包括海子的诗。这里乡土就是故乡，或者说是精神上的故乡。相比80年代旧作，张中海新乡愁系列诗写如《草木灰》《炊烟》等，已不是简单意义的乌托邦营造，而是表现了对传统文化的反思与解构。《热爱阳光》《坏墙》表现的是农民坚韧，实则充满了时代的痛感。

逃离，回归或曰持守

原《诗刊》编审周所同也是一位资深诗人，他以老熟人的感情表达了对张中海新作的偏爱："像一团混和气流，裹挟着天地间它所能吸附的重物，横扫过来，令人猝不及防"……"少了具象描述，直接进入智性表达，仅仅把乡土日常细节作为隐约的发力点，迅疾上升为具哲学意蕴的精神气象"。他指出，助力完成这个飞跃的是作者有别于他人的生活阅历。而这个阅历，形而上地说就是逃离与回归；圈子之外到圈子之内再到圈子之外；土地内外；生活内外。

与本研讨会前夕张中海特意提出加"乡土"二字限定相反，张中海在 1986 年 6 月全国乡土诗会上明确表示反对树乡土诗旗帜。他说，只有对浪子才能唤其回头，只有放眼世界，才能谈得上立足乡土。"你走得越远，离你回归的家园也越近。"对此，《天津诗人》杂志罗广才评价，三十多年再回头看张中海当时的言论，似乎有了一个预言的意味。而逃离或者出走于诗人的意义恰如吴思敬分析，只有通过漂泊、流放、自我放逐，诗人才能获得解放。根本的原因是作者"逃离中的坚守。"对此，李掖平指出，"只有在人生分水岭上历经沧桑者的凝望和追忆，才会将眼泪的腥咸，激情的狂浪及反思的警醒汇聚一体，并由此升华，彰显出淬火之后的清醒和豁朗"。冯雷论及张中海归来后乡愁书写的"宁静"时也有同类观点，"其根本原因也在于 20 世纪的出走"。

中国艺术研究院王巨川认为，出走"是具自省意识的诗人对自己创作未来走向的有意识探索"。中国现代文学馆北塔认为，"逃离是诗者对当时当红的自我否定、反思，并且这种反思具有持续性和合理性，不仅对诗者个人，并且对诗坛有着警示意义"。爱尔兰诗人希尼说："离开爱尔兰从外部调查这个国家，是通往爱尔兰经验核心的最可靠的途径"。以色列诗人阿米亥说诗人"不允象牙之塔""永远在前线……在外面"，这些都和张中海思想行为如出一辙。

虽然出走，但回归后的诗者与 80 年代刚起步相比，"思想保持了惊人的一贯性"。燕山大学王永这样认定："比如回归后诗者对人话、人事、人样、人间烟火的强调，就是他 80 年代初在《农家情》中对花生皮、瓜子皮、牙膏皮一类鸡毛蒜皮美学偏好的延续"。又不仅仅是简单的延续，基础乡土的突破，才使归来后的张中海高于一般意义上的乡土，才得以"突破 20 世纪 80 年代的语境"。

"在乡村与都市之间，在现代文明与传统文明之间，在土与洋之间……"，北塔抓住张中海在 20 世纪对自己尴尬地位的分析认为，恰恰这个"之间""概括了新时期以来中国社会变迁的本质，又决定了诗者对现代文明的态度，有反思甚至反抗，但绝不是彻底否定，也不是无奈媾和，而是调和"。恰与闫克振的"前后四十年的量子纠缠"说和罗广才的"裂缝"说，王玉的"宏大的瑕疵"说暗合："之间"所造成的"阔大的时空裂缝"里"暗潮浮动"，无疑给诗者归来后的乡愁诗写提供了足够空间。

农事的"冷点"书写，
或许是"一个新的审美指向"？

提出此一命题的是燕山大学王永，针对个别与会者对张中海新作"不合时宜"的批评，也针对当下姹紫嫣红诗坛背景下张中海的孤独写诗，王永以诗人的想象力给作者以期望：或许是另类的合时宜？或许是一个新的审美指向的"试错"？以《哭错了的坟》为例，丁航指出，"它所传达的乡愁意识具有普遍认识价值。作者回乡祭祖，'打听不到路 / 又认错了门''但也毕竟 / 回了一趟'，是一份沉重然而不得不面对的精神震荡"。首师大文学院吴昊、郭紫莹则分别从更大的背景分析："因为怀恋，所以挽歌。"在中国城市化进程中，一脚踏在门里，一脚又在门外的"两栖人"，是当下中国一代人的普遍处境，是转型时期乡村知识分子的一个常态，"而乡愁抒发，恰是人类精神寄托的一个出口"。

北京海淀区教育科学院林喜杰认为，一首诗常常表现自然时序的一个瞬间，他引用伽达默尔言论说，诗，就是"对时间的胜利"，赋予短暂瞬间以永恒的形式。特别是传统乡村消逝、田园将芜和诗者又"业已丢失"的情况下，无论从诗者阅历还是时代需求看，都给诗者以机会。如果说浪子的本能就是离乡，那"诗人的天职就是回家"。用阿米亥的话说，那就更让人鼓舞：没有遗失，哪里又有寻找？他说"对于丢失的东西，最容易描述"。谈及"大地的引力""从拒绝树乡土诗旗帜到明确乡愁系列写诗"，王巨川认为，作者通过出走、叛逆、回归与持守，完成了对自我的解构与建构。回归也是现代意识之一种。但这个回归，已不是简单地重回出发地，而是以新的视角，重新观照人与人，与物，与自然的关系。"并不高蹈"，也就少了"哀怜与矫情"；"土得掉渣"则更让人可亲可近。对于论者论及张中海新作内容与形式的"老旧"，王永说，"老旧并不可怕，重要的是作品自身的自洽性"。张立群则引用陈超观点进一步解释："只要自由地处理各自的生命经验，技艺上成熟饱满……"即有突破目前困境的可能。

对于评论家不无偏见的鼓励和如实的批判，"既与时代同流合污又保持了自己独立性的"（张木木语）张中海，表示受益匪浅。只是对张木木所指，"仅有反讽是不够的，仅颓败的自嘲与揭示也是不够的"还感到迷茫。怎样由"不够"到"够"，似乎就更迷茫了。

2018 年 5 月 20 日

原载《山东作家》2018 年 4 期

后　记

如一双耷拉的狗耳朵突然竖起，我急匆匆的脚步就这样一下子定在了那里。久违而又熟悉。草！草末，河边剪下的一堆。上前抓一把，捧，鼻底下，嗅，猛嗅。腥、鲜。整个的，已让我透彻肺腑。

无端的，眼前的腥鲜倏忽又化为浓烈，那是草垛，干草，给牲口过冬的粮食。牛粪干烧红薯的烫、雨点砸在灼土的呛、黄昏街巷里炊烟的香……都无端地弥漫开来，包括牛羊圈里的膻。也许，这就是由出身、骨血所导致的一辈子都不可能摆脱的土包子作派？

1973 年元月，社办高中刚一毕业的我，就被委任生产小组副组长。如此重用并不是凭空而来，头年秋假，在所有劳力都被集中至大寨田或水利工地，秋种再也没有足够的人手时，生产队长三伯就任命我为临时成立的运粪组组长，带俩五十二岁老头，四十天工夫，硬是把全队二百亩冬小麦秋田所需要的粪肥，全运到了地里。还是学生兵的我，居然挣一千七百个工分——比一年到头都趴田里的整劳力少不到一半。以至以后干了民办教师，再到更为彻底的责任田之后，即便再后我已跳出农门，城里不知季节变化，但每当季节来临，我也还是不违农时地回到我祖祖辈辈的田野。"蚕老一时，麦熟一晌"，地里的活是一霎都耽搁不得，锄镰锨镢，耧犁扁担，场里地里十八般武艺，哪一样也不能不熟稔。"土埋泥没尘掩三十四载，牛耕舌耕笔耕集于一身"。这是我当时个人简介中的自我描述。由此，你也可以想见，一旦有时代的缝隙来临，我就不惜九牛二虎一龙之力，即便拖泥带水，也还是面对身后的土地，一个念头：逃。一辈子也不回来！

> 没有宇宙飞船我就乘公共汽车去
> 没有公共汽车我就徒步去
> 同流合污，激流勇进。一水当前
> 谁还再去顾惜是否有一身纤尘不染的衣裳！

这是我20世纪80年代末《田园的忧郁》中的诗句。在21世纪汹涌澎湃的中国城市化大潮远没有到来之前，我和我等一类同样出身的农友、文友蹚浑水追梦想的写照。而今，一切都如期而至，却又不免瞠目结舌。

不可救药地想起了家乡，想起了远方。

如果说20世纪80年代我的远方是红尘滚滚，21世纪20年代我的远方已还原为故乡。

果不出所料，当我顶着一头白发再回到我当年逃离的地方时，我不能不欣喜而又悲哀地承认，所谓故乡，已经再也找不到一点影子。在21世纪所发生的所谓"三千年未有之大变局"中，世界已不是那个世界，农村也不是那个农村。

今日乡村之现状，五十年后中国未来之场景？

所谓消失，是不是也是一种成长？

毋庸置疑，以锄镰锨镢、牛、犁为标志的农耕生活的消逝，是自周秦以来三千年中国历史上最大的事件，是历史的伟大进步。进步当有记录。祖国改革开放四十多年特别是农村覆地翻天的变化当有记录。

而进步的到来，又让我们丢失了多少东西呢？

"对于丢失的东西，最容易寻找。"以色列诗人阿米亥说。

于是，就寻找。徒劳地，想留住一点什么。如只有在梦里或想象中才能听到的淅沥滴答的《屋檐水》，如缥缈难寻的《秸秆，甜蜜的事业》中的甜，《土造的光环》的微光、茫无人迹处才能升起的《炊烟》，农人最怕的《里墙火》。而在所有消逝的器物、生产方式、生活方式中，又有多少如《雁阵》《鬼打墙》《妇人之仁》《大牲口》所表现的农耕文化积淀需要反思？如《铁砧上的时光》《麦子》《编大囤》中所表现的天人合一的农业精神需要延续？有《牛有几个胃》中如土地一样的深广无边的生生不已的力量需要传承？有如《一颗苦瓜的痴心妄想》中那颗"屎瓜子"卑微理想还要映为西天的彩虹呢？

一曲无可奈何的挽歌。但又绝不仅仅是已经远去了的乡村记忆。

所谓乡愁，就是已不复存在也是永远不可能消逝的东西。宇航员太空漫步，当是他个人和祖国的高光时刻，但在那浩渺的星空中，此时此刻，他最大的愿望是什么呢？

黄河行走，我看见关中腹地后稷宫匾额是："粮食万年"，恰合多少年后联合国粮农组织理念"粮食第一"。"吃人粮食""说人话"，是不是无论时代怎么变迁，无论一首之长还是一介草民，一生都要恪守的修行？

聊备一格。作为最后一代标本式的农民，肩上一百八十斤送公粮的麻包给我留下的是老来频发的腰疾，大寨田以铁锹翻地一天挣四十个工分所整坏的还有膝盖。作为"二混五"农民，留下的也只能是生活中贯穿始终的尴尬和这难以称为诗的诗了。同样的乡土题材，它不是不食人间烟火的田园诗，也不是令人动容或给人以哲思的乡土诗，不是世代农人苦难或幸福的泣诉，也不是回头浪子借以灵魂安宁的栖园。作为见证者和身经者，它只是我或更上一代先人农桑之事的档案化记录。如果不能给以后的农耕史考古者提供一个遗迹，不能给后来农耕文化研究者以一代人心理历程的标本，而仅仅作为作者用以疗救自己的《桃叶膏》也就行了。

多少桃叶的苦熬，才有黏、稠、苦、筷子也挑不动的一滴？

2024 年 6 月 9 日端午于南山